# 诗收获

2021年春之卷

李少君
雷平阳
主　编

长江出版传媒
长江文艺出版社

# 诗收获

2021年春之卷

编委会

# 卷首语

石头问诗人朋友:“白菜是什么味道?”没有人答得上来。

如果我们接着问:幽灵是什么样子?凤凰是什么形状?菩萨是什么神态?遍布在我们身边的日常之物与精神之物,认真想想,才发现我们对它们一无所知,找不到恰当的语言进行客观或抽象的陈述。所谓世界、生活、万物,仍然存在于我们之外,万有即万无。

写出了无数的锦绣诗篇,却说不出白菜的味道(当然诗人也不一定非要知道白菜的味道)。我们的理由很多,核心大抵是因为创造未知而忽视了“已知”,急于前往神灵的土地去跑马占地,去命名,去筑方尖碑,去伪造遗嘱和藏宝图。结果也就不言而喻——已知的世界变成了未知,常识与通识变成了密码,故乡变成了异国。

你在吗?在现在吗?在此刻吗?千万别告诉我你的使命就是活在未来。

雷平陽

辛丑年正月十四日,昆明

# 诗收获

2021年春之卷

# 目录

## 季度诗人



## 组章



## 诗集诗选



## 域外

## 推荐



## 中国诗歌网作品精选



## 评论与随笔



## 季度观察

田华

《神农架写生》

纸本水墨

45cm × 68cm

2020 年

# 季度诗人

# 韩东诗 23 首

/ 韩东

韩东，1961 年生，小说家、诗人，“第三代诗歌”标志性人物，“新状态小说”代表。著有诗集、中短篇小说集、长篇小说、随笔言论集等四十余本，导演电影、话剧各一部。

## 风吹树林

风吹树林，从一边到另一边
中间是一条直路。我是那个
走着但几乎是停止不动的人。

时间之风也在吹
但缓慢很多，从早年一直吹向未来。
不知道中间的分界在哪里
也许就是我现在站立的地方。

思想相向而行，以最快的速度
抵达了当年的那阵风。
我听见树林在响，然后是另一边的。
前方的树林响彻之时
我所在的这片树林静止下来。

那条直路通向一座美丽的墓园
葱茏的画面浮现——我想起来了。
思想往相反的方向使劲拉我。
风吹树林，比时间要快
比思想要慢。



## 进驻新工作室一年

即使距离很近
也是从一个地方到另一个地方。
出发地点不变，以前我向东走
现在我向西，几乎到了江边。
以前的那栋楼很高，我往上
现在是一栋平房，有一个院子

我几乎滑行而至。
以前要经过小街小巷
现在是花草树木，还有猫。
以前则是鸡和狗，有人在电线杆上晒被子。
而现在，年轻的艺术家在草坪上打画框。
邻里的叫骂声变成了射击般的鸟鸣
我大声地咳嗽，咯痰
用回声丈量偌大的空间。
然后，窗外开始飘雪
抹去那一切，结束和开始
都飘落到我身上。

## 可不可以这样说



在密西西比河的一条支流上航行
导游说，那是一只小鳄鱼
（它喜欢吃乒乓球一样白色的棉花糖）。
过了一会儿他又说，那是一只小乌龟
在露出水面的枯树上晒太阳。
那是一条小水蛇……那是一头小野猪……

我们是密西西比河上的游客
但也是这个美丽的世界上的游客。
可不可以这样说：啊，那是一个小美人……
那是一块小奖牌？
那是一只鳄鱼皮的小包包，或者
野猪皮[1]的大皇帝……
我们只是说一说，然后就顺流漂走了。

---

[1] “野猪皮”为清太祖努尔哈赤满语名意译。

## 紫光

那座大楼上的灯全熄灭了
除了拐角处的一扇窗透出紫光。
我不得不看着它，然后
我非常愿意看着它。
我抬起头，身体后仰
已达最大限度，脖子几乎折断。
那紫光就在我的头顶上方
并继续向我的身后漂移。
索性躺下吧，但还是不行
那束光就像要入地。
风吹着耳畔的草叶，也吹着天上的楼影。
当我翻过身去，将汗湿的脸埋进草丛
仍能看见那动人的光。
就像地底的宝石矿脉
执着的心追随其中。

## 奇迹

门被一阵风吹开
或者被一只手推开。
只有阳光的时候
那门即使没锁也不会自动打开。
他进来的时候是这三者合一
推门，带着风，阳光同时泻入。
所以说他是亲切的人，是我想见到的人。

聊了些什么我不记得了
当时我们始终看向门外。
没有道路或车辆

只有一片海。难道说
他是从海上逆着阳光而来的吗？
他走了，留下一个进入的记忆。
他一直走进了我心里。

## 奇迹（2）

坐在他的身边我就安心了。
垫子那么软，友人如此亲切
那是一种很奇怪的感觉。
一个跳伞者终于落地
感觉到阳光、大地的芳香
他懒洋洋地不想起身，踏实了。
其余的好处都是额外的馈赠
虽说它们一直在那里。
可以拆除这栋房子、这个城市
甚至拿走沙发上的软垫。
我可以坐在一块石头上
身处任何旷野
只要他在我身边，或者
降落到离他两尺远的地方。
那天也没有讲经论道
聊的是迪士尼和电影市场
我们就像从跳楼机上下来
品尝一顿真生命的晚餐。
面条确有面条的味道
人也有了人的样子
每颗动物的心都因他安驻在温热的身体里。

## 奇迹（3）

他坐在垃圾堆上

大声地向我问好。
又瘸又瞎，但为何会如此快活？
和所有的人一样
他拥有此刻的阳光和鸟叫
就像为这样的公平而欢欣不已。
此外，他比我们多出了一枚蚕豆
因为牙齿缺损始终抓在手里。
“我请你吃蚕豆。”却没有送出去。
捡了一辈子的垃圾，很快
他也将成为一块垃圾。
一整天的春风和欢笑。
在天完全黑下去之前
他的慈悲又照亮了这里好一会儿。
最后他说了句“再见！”
当时我们已经走了
他是对这个即将逝去的世界说的
饱含着永诀的畅意。



## 殡仪馆记事

很多次去过那里
但无法写好它
心里面有一种回避
不是恐惧也不是悲伤
只是无聊。
所有的事都变得没有意义。
一切都是大理石的
贴在墙上或铺在地上。
盒子也是大理石的质材。
如此庄重，但如此寒酸。
万物的里面都没有东西
一切所见都不是其自身。

当我哭着走下台阶
碰见一个女人也在哭泣
我们泪眼相望，彼此
似乎怀有深情。
但这不过是一个误会。
她递过来一块手帕——这太过分了！
那里的手帕也不是手帕
只是事实的一片灰烬。

## 一家美术馆

这家美术馆
只有一间很小的展厅
重复播放一部黑白电影
讲述它所在的建筑不平凡的历史。
从图纸到施工，从混乱的工地
到落成剪彩，再到大刀阔斧
具有天才创意的改造。
明星政要闪耀其间
影像也从单色转为彩色……
其他什么都没有。
没有展览，没有活动，没有咖啡馆。
画外音如模糊的自语回荡于光洁的四壁：
我回忆，我经历，我活着，我矗立
并为此而永远存在。

## 夜游新加坡动物园

我们怜悯动物
因为没有寄居在那样的身体里。
即使在林中的月光下
我也愿意是一个人。

不愿意像大象那样有力
像雄狮那样威严
像蛇那样游动。
我们渴望力量和尊严，渴望自由
但不愿是这三者之一。
当我们还是我们
就无法想象无形的轮回。
我们渴望月光
却制造了一种叫作“月光”的灯效。
渴望和动物兄弟般地接触
但把自己关在兽笼似的游览车里。
我们和它们之间隔着一个形体
中间是大片林木。
最多成为一棵树
那是我们的底线。
有什么难以逾越却注定被逾越
就像胸膛里的这颗心狂跳
因为哀伤也由于恐惧。
直到闭园熄灯，它们
才得以安享亘古以来却如此短暂的夜色。
我们要到死亡以后。



## 遗忘之岛

做梦我也不会去这个地方
但是我去了。
情景非常真实
我们放电影，走路，购物
游览当地的美术馆和动物园。
直到第三天我想起一个人
最后她去的就是这里
给我的最后一封信是从这儿寄出的。

我在她的校园散步
和更年轻的一代交谈
看见新奇的植物、建筑
垂涎不已。
由于过分美丽
这是一座遗忘之岛。

## 时空

四十岁到六十岁
这中间有二十年不知去向。
无法回想我五十岁的时候
在干什么，是何模样
甚至没有呼啦一下掠过去的声音。
一觉醒来已经抵达
华灯初上，主客俱老。那一年

我的一个朋友在外地车站给我打电话
他被抛下那列开往北方的火车。
我问他在哪里？地名或者标志
他说不知道。看着四下里陌生的荒野
男人和女人，或许还有一头乡下骡子
他又说，只知道在中间……
电话里传出一阵紧似一阵的朔风哨音
和朋友绝望的哭泣。我说
回家吧，你们已经结束。

甚至这件事也发生在我四十岁
他三十多岁那年。

## 此处风景

我们住得太高了
窗外偶能看见鹰在飞翔。
与大楼平行，有时靠得很近
一侧鹰眼的目光射进室内
吊顶上的灯突然就亮了。

大楼位置不变
是鹰在转向，盘旋
用另一侧的眼睛证实着什么。
傍晚时分，白昼般的灯光里
孩子无忧地在瓷砖地上爬行
鹰隐藏于渐黑而深广的天空
像一抹云影。

并不是因为鹰
而是瞬间涌入的夜色
让我关上了窗户。

## 洪水

洪水来的时候他们在江边钓鱼
眼看着江面渐渐开阔。
他们从江堤临江的那面后撤
在坝顶的公路边继续垂钓。
后来又撤至身后的汽车
打开车门，伸出钓竿。
他们想象自己在江里的一条船上
有很多这样的船一字排开
直到深夜，渔火已到了江心。

他们把钓到的鱼再放回水里
因为已经没有陆地。
再钓，再放回去……
我从楼上的窗口俯瞰他们的执着
漆黑的江流里垂下高低不等的鱼钩
好像冰凉的雨水从天空落下。
灯光隐去，因果滔滔不绝。

## 看晚霞

每天傍晚我赶回家
和你一起看晚霞。
有时我们在一辆车上
就向晚霞开过去。
如果我们站在楼顶上
晚霞便在窗前自动升起。
下面的夹江岸边有一些人在钓鱼
这些人只看水面，直到
一条鱼被拎了出来
死去以前看了一眼晚霞。
而钓鱼人看见鱼鳞上反照的霞光
我们看见昏暗中的鱼肚白
刀光似的一闪。
上帝看见一片血海。
然后
谁也看不见了
鱼的魂魄返回深深江底。

## 隧道

我经常过江
每天至少两次

经过长长的隧道
我从不从跨江大桥上面走。
那种穿越的感觉就像江在过我。
听不见头顶的江水声
但导航显示，此刻已到江心。
哪怕有一次隧道真的漏了
落下的也不是江水，而是沙子。
固体的细流，源源不断
沙漏一般
在隧道里积成一座尖锐的小山。
所有的车辆减速，拍照
然后争分夺秒。
一座隧道里特有的幽光中的沙山
我们把它的影像带了出来。

## 夕阳



她站在窗前看夕阳
怀里抱着儿子
或者抱一只小狗
或者抱一个枕头。
她需要抱一个什么东西。

我推门而入，她吓了一跳
手上抱的东西跌落
顺着墙根溜走了。

我不为这满室的霞光感动
只为她的惊慌。

## 过江隧道

这是一条过江隧道
车辆穿越而过
从洞口拐上左边或右边的公路
分散在大地的道路网中。
驾车的人伴着晚霞，各自回家
一时沉寂
黑暗下去
路面变凉。
隧道里仍大放光明。
车流稀疏的时候
每过五分钟才有一辆车。
终于有一个片刻
整条隧道空空如也。
那么又是谁
听见夜航的风帆从上面驶过？
仿佛更换了交通工具
望见两岸灯火如豆
却无法透视未来。
这没有主人公的前世今生。



## 钵——回赠杨键

他送我一只钵
在一张宣纸上
影子一样深的墨色
又破又暗的所在。
他送我唯一一种颜色。
开口处有些微亮光
那是钵的开口

抑或是奥秘的开口。
他送我一团漆黑。
只是镜框格外明亮
映出我的双腿
继而是两只鞋子
走过去了。
整个房间在画的深处呈现
衬着那只钵。
我蹲下，仔细辨认
裂开的痕迹
试图捧起来
就像没有手那么徒劳。

## 买盐路上的随想

这个地方已不再陌生
我穿行在夜晚的小雨中
那么地有把握
去门口的超市买一包盐。

我离开的地方拥挤、灰暗
熟悉使那儿更显局促。
我离开了一个洞穴
得到一片荒芜，现在
这片荒芜在我每天的行走中
变得井然有序。

再也不会离开，直到
我被囚禁于残破的身体——
我将搬迁到死亡之地
再次得到荒芜。

永恒的陌生和惊吓
或渐渐舒适。
当我厌倦了不死的我
另一个人或者三个人或一只鹭鸶
将会出生。

我去小区门口买一包盐。

## 龟不是月亮

乌龟不是月亮
而月亮，怎么看
也不是乌龟。
夜晚的河滩。



当月亮以慢速升起
乌龟就像两块石头
扑通，啪啦
落入水中。现在

只有月亮了。前三秒
乌龟尚未入水
月亮犹豫着上升
各自凌空

月亮盲目的光辉和
乌龟锁闭的孔窍
对应。两块青石
在人眼的夜视中。

他们走回大路上
身后的涟漪无声。

他们同样是两个
是一对。

乌龟不是月亮
但月亮是乌龟。
至少在他的记忆里
有一种延续。

## 旧爱

她从来没有爱过他
这是一个秘密。后来
她不再需要保守这个秘密
但也没有必要宣布
留下一些衣物和一本日记就离开了。
她答应回来取这些东西
终究没有来取。
不是欺骗，更不是故意的
只是解除了警惕，秘密
像一个结在时间中松开。
当他翻看日记，就像古墓中溢出刺鼻的气味
他也没有受到伤害。
只是稍有遗憾。
他把旧爱理解成某种深情
她从来没有爱过
但他们之间确有情义
因缺爱更令人难以忘怀。
那些他们一起走过的路
更具有抵达的目的
相拥和眼泪，是未曾抵达。
某种深情或者爱的愿望
宽阔犹如虚无。

## 运行

走在一座新大桥上
汽车疾驶而过
却无我以外的其他行人。
桥自南向北升起
太阳自东而西——但慢了很多
当我走过长约一公里的大桥
太阳向上升高了两寸。
它始终照着我右边的脸
每天如此，因此
我的脸有了色差，看上去更立体了。
带着这样一张被塑造的面孔
我走进地铁站，之后
是一段暗无天日的极速滑行——
其实沿途大放光明。
我到了工作室，带着
在那桥上获得的视野开始工作，带着
从地底沾染的深沉。
滑行，塑造……太阳
终于从我的西窗落下。

# 先锋与超越：韩东诗歌管窥

/ 草树

在当代诗歌的发展进程中，韩东堪称引领语言观念变革和诗歌风尚的旗手。旗手者，在千军万马中冲在最前面的先锋是也。不管在1980年代初，有多少诗人的写作在尝试着革新，韩东也无疑是最早的变革者之一，也是“三军”之中名副其实的旗手。

1983年，韩东写出早期名作《有关大雁塔》，此诗针对的对象，表面上是大雁塔和塔上的人与事，实际上是杨炼的《大雁塔》、《大雁塔》一类的“文化诗”和整个朦胧诗时期代言式写作的英雄主义，诗的语调一反杨炼式的浓烈沉郁，而是冷静，舒缓，平静中有反讽，舒缓里含嘲弄，锋芒直指那些“当代英雄”。“当代英雄”一词，在一个诗人的意识里，当来自俄罗斯诗人莱蒙托夫的长篇小说《当代英雄》，或许在韩东看来，雄踞当代诗坛的“当代英雄”们，其写作已经过时了，有悖于艺术的诚实原则。而诗中“我们又知道什么呢”的反讽式同义反复，后来几乎成为“他们”诗群的经典写法。

这一时期诗人另一首名作《你见过大海》，同样没有诗意发生地，没有写作第一现场，将写作主体自我客观化为“你”，实际上是把“我”和“想象的大海”即客观世界之间的关系，上升到艺术层面思考，“你不是水手”，那么对“你”来说，想象的大海，就不是真实的大海，无论你见过的大海，还是想象的大海，都不过一个审美对象，而不是存在之域的一个“他在”，而对于写作而言，其诚实原则要求写作者身体在场和生命感官参与，不如此，一切就不免显得虚幻，而从诗歌语言天生的“隐喻偏好”看，“大海”，在1980年代初特定的语境中，其滚滚涛声，象征或暗示“宏大叙事或宏大抒情”，对它们和审美层面的“非凡想象”的反讽。

韩东于此，可谓是以意象主义写作之隐喻法宝，还治其之身，大白话里藏着深邃的锋芒。诗中同义反复的手法运用，在此发展到近乎极致，反复的强调，直至发展成为一种强烈的语调。

口语，叙述；个人性，日常经验。这是韩东诗歌写作的关键词、一个系统。前者是策略、方法论，以口头鲜活的、无意义的语言写作，排斥意义，拒绝隐喻；以叙述为策略、对冲意象化抒情，消解情绪泡沫，“我手写我心”，直接说出。后者是诗歌活动的场所、诗意的发生地，以日常生活的无意义，支撑语言的大厦。自《甲乙》以后，新世纪的诗歌写作，诗人“收缩”了零度叙事，叙述和抒情交融，循环或反复话语方式反复出现，不时显露几分古典主义的质地。诗集《重新做人》所辑，大致在自我、人伦之情和日常生活几个向度展开，当下的或记忆的，在诗人生命感官触及的范围内。《格里高里单旋律圣歌》，可以说重新定义了“崇高”，描述唱歌的人在高寒地区的场景：在高寒的户外唱歌，在诗人眼里，其本身有着“格里高里单旋律圣歌”的庄严和崇高，这是日常化命名，词与物的关系非常明确，这当然与“文化诗”或“神话诗”的崇高，全然不同。2010 年，母亲病逝，韩东写了一系列悼念母亲的诗：《悼亡母》《我们不能不爱母亲》《写给亡母》《母亲的房子》等。这些诗语言质朴，表达直接，同义反复之法，于此成为更动人的语调。比如“她伸出一根手指让我抓着”，小时候母亲担心孩子走丢，这一个动作蕴含的爱，在不同的时光场景中不断强化，直至出现停顿：“我们家土墙上的裂缝那么大 / 我的小手那么小，可以往里面塞稻草。/ 妈妈糊上两层报纸，风一吹 / 墙就一鼓一吸 / 一鼓一吸……”（《忆母》）当此时，反复从心底冒出“她伸出一根手指让我抓着”的声音，就格外令人动容。《母亲的房子》里，所有事物如故，而母亲不在了，事无巨细的诉说，被一个不断重复的声音强化。不借重意象，而通过话语重复，自然而然，但显然是强调、强化，情到浓时，它就像海浪一浪又一浪冲击着，于情景恰切处，有着非凡直接的力量。



韩东写了许多悼亡诗，给一个叫外外的诗人，写了四五首之多，用情极深。但是从艺术上看，最让人过目不忘的，却是《梁奇伟》—— 梁奇伟何许人？大约是诗人儿时的伙伴。此诗以冷静的回忆，呈现儿时伙伴们在湖里洗澡的场景，情景交融，因为梁奇伟死于五年后，死亡意识之在场，所见越美越残忍。诗由诗人惯用的叙述转为描述，从之前的线性叙事中脱出，进入一种变化的画面。不变的，不能改变的，是小伙伴年轻的死亡，变化寓于不变性之中，诗生出涌泉之绵力，源源不断，直抵人心。尤其结尾的音顿，形成一个焦点：“那颤抖的月亮，银色的路 / 和口琴上的绿塑料……”言尽意止，言有尽而意无穷。

从语言本体论的角度看，韩东的写作，并非纯粹的语言之诗。新世纪以来，他的诗充满主体言说，很少像《甲乙》那样，纯粹出自语言言说，主体的声音完全隐匿。事实上，纯粹的语言言说，对诗的空间，也构成限制，且语言言说，通常伴随语言之思，不大可能完全排斥写作主体的声音。韩东提出“诗到语言为止”，即视语言为存在，倡导改变语言的工具地位，使语言从工具性中解放出来，上升到本体地位。它发生在写作层面的深远影响在于，写作主体改变了自浪漫主义和现代主义以来作为立法者的姿态，自觉恢复“平民身份”，同时将世界万事万物视为主体，致力于主体之间的对话性建设，秉持坦诚、民主、客观、真实的原则，从而建立某种主体间性。

就诗歌的活动范围来言，韩东当是菲利普·拉金“诚实原则”的严格执行者，他很少写他不能把握的事情，立足个人和日常，把生命感官作为诗意触发的媒介，即便在诗中发声，也是基于个人的新鲜感受，这保证了语言的纯粹。他没有将现代性视为洪水猛兽，而是以词语之光去擦亮平庸的生活，并予以命名——不管命名难度多么大。当然，现代人的日常生活，不再是“出门采红莲”或“梨花满地不开门”，而是首先按下电梯按钮，然后是马路、街道、车辆，这一切似乎毫无诗意可言。我们对诗意的认知，为传统经典固化，当代诗的写作，同样要改变这一根深蒂固的诗歌美学定式。比如《电梯门及其他》，这是我们每日所见最平常不过的事物。诗人如何定义它？电梯门的开合像默片里的特写镜头，开合之间，没有声音的词语和窜进的冷风，都获得丰富而微妙的意味。诗人觉得他们有一种冷漠的高傲，不过是诗人从写作主体分离出来的庸常身份，在彼时产生的心理活动，这一种分离，也表明韩东在处理一首诗时，完全隐逸了抒情主体的身份，并将自我纳入诗的观照之中。“在电梯门背后 / 只有深井，一只金属箱子或者盒子 / 那些词语的背后有着同样的局促和狭隘 / 聪明之门已经关上了”，语言澄明的时刻，一切内在关联呈现出来。它在某种意义上揭开了现代人冷漠的面具，以电梯下面的深井和金属箱定义了生活的实质。电梯自动关上，被诗人看成“聪明之门”，正是一扇语言之门在开启。

韩东的诗，语言明白如大白话，但白话里，有着悖论的微妙、虚幻的真实。他戒除意象化表达，也并不全然拒绝隐喻，描述不能抵达感受之真切，他会动用隐喻，只是隐喻在他这里，与其说作为意象，还不如说是语象，一种更加明晰的语言能指形式。他对事物的命名，首先源于他的"发现"，比如《圆玉》，熄灯之后在黑暗中看见一点绿光，这绿光来自自己手指上线绳连着的一块圆玉，但"我从未见过"——无论那"圆玉"作为自性之语言能指形式，或一个被遗忘的人的友谊之象征，那"收敛的光"的陌生，犹如一种先验的存在，只是被我们忽略了，忽视了，或没有那"稳定的黑暗"之特定环境，难以被发现。此诗语言明白如话，却蕴含着深刻的哲学意蕴。我们把它看成一种元诗写作，也无不可，只是它不像知识分子元诗写作以诗论诗，而是完全摒弃了概念、意象，或公共化的经验，它是个人性的，从属于个人的日常经验。它是"不言"之元诗，更是存在之诗，"幽冥犹如盲人眼里的光明"，彰显的是存在的信念，是对存在的最高赞美。

一般来说，韩东诗的结构是自然生成的，但也有例外《横渡伶仃洋》有一种隐性的互文结构。"对历史无知者横渡现实之伶仃洋 / 会使你晕船，在教科书以外 / 船尾的飞沫像白孔雀尾巴盛开"，诗的开篇，一语双关，又隐藏着一个"历史的伶仃洋"，或文天祥《过伶仃洋》之伶仃洋，因此一次普通的旅程被置入一种历史人文视野之下，形成隐性的"互文"，当然诗没有进入情怀抒发和历史言说，而是稳稳地扎在甲板上，"晕船"一词，遂成为一个音顿、一个焦点，将语言之途的风景聚集。



当代诗的语言，不只是以口语为标志，最主要的，它是一种描述性（含叙述）的语言，而不是论述性的，其背后蕴含着重大的语言观念变化，即是说，诗是一种倾听语言的结果，是语言口授一首诗而不是相反，意象主义写作，观念或情怀的表达，要么将语言置于工具性地位，要么主客二元之间出现对立，在语言上表现为内容和形式的分裂。韩东倡导的诗歌变革，从根本上纠正了这种陈腐的语言观念，使语言在一定程度上脱离了困境。在写作上，韩东的诗，表现为一种日常的谈话风格，有一个或显或隐的对话性结构——或自我客观化，与自我对话；或和一个隐在场的读者对话；或诗中出现"你"或"她"，形成戏剧结构。诗的调性，处在一个相对比较低的音阶上，没有英雄主义的高亢，没有宏大抒情的昂扬，恢复了人的基本语调。《扫墓兼带郊游》谈论中透出反讽，清明扫墓，本是一件庄重的事情，但在当代人的生活中，早已变成郊游、踏青，借凭吊之名，行娱乐之实。

诗人反复强调的“墓地并不阴冷”，“一点也不阴冷”不单因为“太阳当空而照”，而是因为烧纸，放烟花，祭扫不过是“例行公事”，不再有恐惧和悲伤。挖土机逼近坟山，可见这个时代的建设之热烈和规模之宏大，它的声音掩盖铁铲的声音，工业化时代科技理性正在取代日常生活的感性，取代一切。“死者虽已停工 / 但死亡并未完成”，诗至此顺势抵近死亡——它“威力无边”，但无人有敬畏之心，它没有完成，仍有人在悼念，故此才有“坐等人间精彩的大戏 / 终于结束了 / 一天的欢愉有如一生”，无限感慨，复杂情愫，悲哀无奈，唯有自勉。

一个诗人实现了内心的真正自由，当然会加倍赋予诗以自由，赋予语言真正的本体地位，由此观看和倾听所得，会在一种明悟中重组，获得全新或者意外的秩序，而不是受制于意志的驱动。韩东近年写了一系列诗，统称为“奇迹”，在生命即将步入花甲，智慧随时间而来，他于日常平凡之中，皆能发现奇迹。奇迹一词，和诗有着本质相通。诗是语言的意外，意外即奇迹。诗是还原，一条语言的路径上，意义的杂草和荆棘丛生，还原谈何容易，历尽艰辛归于源头，岂非奇迹？《奇迹》（1）中一个轻轻推门而入的人轻车熟路地亲切探访，仿佛推开一扇语言之门，因“他”而不再荒凉，不再冷清，有了存在之奇迹的感悟。 

这一系列的诗，韩东隐去了时代场景、具体时间地点，超越社会学、历史学的实用主义范畴，甚至超越虚无主义，诗之“此时此地”之发生，因为有所隐匿，成为更为纯粹的“此在”。韩东于此致力于营构一种原初性的存在场景，抵近道之言说，或可称之为一种超越性的写作。《奇迹》系列是这一写作理念下的出色实践。

韩东近年来的写作进入完全自在的自由之境，自在而方自如，言尽意止，看似说完了，却有着余味，看上去明明白白，却又一时不能离开诗的语言氛围。《殡仪馆记事》记述了一次去殡仪馆的戏剧性经历，但诗没有让它看起来富有戏剧性，一切好像偶然得之，在殡仪馆与陌生人的路遇，因为死亡在场，刹那放下戒备，归于人的本性，彼此泪眼相望，不是深情，却是隔着各自的生死感悟一望，越过了漫漫人生。

韩东说：“唯有诚实，才能广大。”唯有诚实，才能看清那列时光列车的行驶如何疾速——《时空》中，一个朋友在外地车站打电话，不知地名和标志，仿佛虚构，却是真实的存在。多少人处于“中间”却失去了自己的存在坐标，多少人失去了当下的美好时刻却浑然不觉：不知自己在干什么，是何模样，“甚至没有呼啦一下掠过去的声音。/ 一觉醒来已经抵达 / 华灯初上，而主客俱老”。语言的速度迅疾如此，其微妙远胜意象的重叠，而“主客”者，是主人和客人，也是主体和客体，这里归于本义之域，“主客皆老”，而在哲学范畴的意义上，主体和客体皆老，岂不是“天若有情天亦老”之潜台词？苍凉语调所透露的，正是深沉的人生感喟。

“诚实”，真诚和真实，这是儒道文化的根基。儒家从人出发，强调真诚，真诚是建设伦理趋于至善的一个原动力。道家则将人和万物一律视为平等，以真实为道之根基。韩东的超越性诗学有更多道家色彩，他的语言学从超自然到理解再到超自然的演绎过程，很有点像道家“无到有再到无”的变化过程。这种超越性的观念显然克服了存在虚无主义，而儒家之为只是克服价值上的虚无主义。但是韩东从不在诗中炫耀哲学观念，不对“存在”或“虚无”做论述性的建构，也从不以哲人面孔唬人，为文作诗，都源于感悟，因而通透，明澈，“不隔”，其诗情感真挚，用笔素淡，却有着直抵人心的力量。他也不炫耀想象力，或者说，他的想象力致力于声音的挖掘，而不是意义的转换。透过韩东的诗行，我们会看到视野开阔、态度包容、独立而不偏执、明澈又不失锐利的写作人格。他依然在有限的场域发出声音，相对二十世纪八九十年代的先锋写作，他的写作更加沉潜、收敛，散发出更为深邃的光芒。二十一世纪的中国当代诗的写作，到了该确认自己的文化身份、贯通中华文明的血缘并澄清一个与当代发生深刻关系的自我的时候了，韩东的写作在不断做出示范。

# 石头诗选

/ 石头

石头，本名宋连斌，1967 年生，山西壶关人，居太原，卖茶为生，写废话自娱，行走于大山河，不识得落脚处。

## 四月初四自理光头记

第一颗光头，妈妈生的
这一颗，是我自己
我用四十九年生出一颗！

## 请问

饿着肚子，我还会不会抬起头来看月亮
破衣一身，我还会不会低下头来看看月亮的影子

## 暮春，太山龙泉寺的某个下午

鸟儿鸣奏着花开的声音
花开惊起池塘里轻轻的涟漪
细细的波纹牵扯着微风
懒洋洋的小风又去推搡竹影

嘘——
龙泉寺的台阶上还有三粒春风也吹不动的小灰尘
他们依次是
皮包骨头的宋耀珍，剃度不久的耀净，以及一个叫石头的某人

## 丙申年春日访秘密寺拜木叉和尚塔

去的时候看见
一座山
一个月亮
一个和尚
回的时候只剩
一个月亮

## 从太原至交城，青山作镜来照我

“姓宋的，你无非就是一个行走的茅坑”

## 咏春小令

春风有一股小骚劲，它吹呀吹呀
连我也不放过
我是这样描述那些绿芽的
“她们嫩破了地皮，她们嫩破了树皮”

## 雪没有下在别处

下在马路上的雪定是被脚践踏，被
滚滚车轮轧来轧去
“咯吱咯吱”地叫
不同于白了黄狗黑狗花狗的雪，构造跑动的假象
下在石头上的雪就下在石头上
下在坟头上的雪就下在坟头上
下在光头上的雪就下在光头上
此情此景类似于牛粪
在西河沟的圪梁上
一头牛走着走着，撅起尾巴，露出那红烧肉的屁股
噗嗤一下，牛粪刚好落在土路上
冒着粮草糟粕的热气

## 无所诗 9

一只飞蛾来到灯光下，这是夜半，这是做噩梦的时候，这是野鬼喊怨的时候
这是山中
这是一人

一心
小飞蛾不管，它只扑火

## 无所诗 18

过河的时候，遇见两个杀羊的人
他们已经杀掉了羊的叫声，杀掉了羊的呼吸，杀掉了羊的温度，杀掉了羊的形状
接下来他们要杀掉羊的灵魂
这个时候，羊已经不流泪了

## 无所诗 33

昨夜，关灯之后，两只蚊子咬我，嗡嗡嗡
几起几落，我没打它
咬吧咬吧，我够大
前些日在山中，眼睁睁看着一只不认识的小黑虫咬我
也让它
并非打不过它们
实在是人生不过咬来咬去
我这一堆肉也没用



## 无所诗 34

十三日，夜宿乌马河，一个人看月亮，月亮像个旁观者，我像个小狗蛋
夜半，雨来，哗啦啦，直听得不用耳朵
十四日晚，接连醉酒三场，喝至极丑，拿出身上的酸臭文人呸三声
次日，蒙头大睡，心不稳，出冷汗，给嘴巴记过二百五十次
中秋之夜，读马祖道一。
水泥顶上的那个破月亮，你们去看吧。
我心即明月。

## 无所诗 38

天黑了，山也黑了。再黑下去，眼睛里就没有山了
便用心去看，好像有。去找心，皆虚妄。就如同，山不鸣叫，是山上的鸟在鸣叫
山不开花，是山上的草木开花
天黑了，也不必打着灯笼去找山

## 九月九日刮风寨枕着流水睡觉

已成之梦被水带走，未成之梦亦复如是
洗空了吗洗空了
洗净了啊洗净了
河水整夜往澜沧江奔跑
如果这是欢喜，流水一定知道秘密
夜半去门外小解，山中仅此一人
星星一颗一颗往眼里掉

## 找个角落悄悄地

吃饭不要喂进鼻孔里面啊
喝茶就一口一口咽下去
人群里莫放屁，找个角落悄悄地
滚烫的开水不乱倒
怕伤着看不见的小虫子
想骂人的时候就掐自己的大腿
把丑从肉里揪出来
一块青，一块紫，一块黑
再悄悄对自己说：不疼

## 驴性分析杂记

一头驴，浑不知自己生而为驴
也不知自己死而为驴肉
更不知死而再生，自己还是一头驴
在吃饱喝足之后
或卧于地，睡美之后
或被顺着毛抚摸舒服之后
“啊，我也是一头幸福的驴啊”
或蒙上眼罩拉起石磨，转了一圈又一圈
“啊，我已是一头奔跑到天边的驴”
或夜晚深思：“与骡子比，
嗯，我是一头像马的驴”
“与马比，嗯，嗯，也许我就是一匹像驴的马”
疼痛的时候，也许才是清醒的时候
被鞭子抽，被捆绑，
被宰
吃吧，吃吧，驴肉煮熟了
漂起一层油花花，像泪开花
仿佛驴肉也可以痛哭



## 南台日记

并非为了爬山而爬此山
也并非为了把自己捞出来而跳入大海
如果爬走能解决爬走的问题
蚂蚁何苦为蚂蚁，我又何苦为众生
一步一步走就像攒钱还债
就像眼泪拒绝成为液体
走着走着，忽闻鸟鸣
如同锤子砸核桃，咔嚓一声

核桃破了但是核桃多么欢喜啊
已经破了多少次但是核桃愿意再被砸破
而我愿意走着走着，忽闻鸟鸣
山高林深，鸟鸣透彻
鸟鸣透彻，不必闲扯
不必闲扯，我证明了孤独

## 灵隐寺一首

隐，隐谁，谁隐
或许是死隐于生，生隐于刮风
或许是莲花隐于污泥，污泥隐于地球
地球隐于
西湖急雨远舟小忧愁



## 中年人的悲悯有了新证据

看见电视里有个坏蛋，干尽坏事，编剧也不让他死。
一上午愁，连吃饭都绝望，咽不下这口气。
坏蛋为什么活着呢？
这世道！
像是遇到了人生第一个大问题。

想起小时候玩游戏“抓坏蛋”。
总得有个人来当坏蛋吧，大家才能把他从躲藏的地方，
抓出来。
可谁愿意呢？
他被眼尖的发现，草垛后或者某个角落，
一伙人围攻上去。
“抓住了”。
“抓住了”。
所有的人庆祝胜利。

只有坏蛋一个人被抓住了。
偷偷藏起来的小脸突然僵硬，像孤单。
坏蛋也有坏蛋的忧伤啊！

一下就很怀念坏蛋。
中年人的悲悯有了新证据。
哪一个坏蛋也不恨，每一个坏蛋都祝福。
“坏蛋啊，好好活着吧，你也有活着的权力”。

## 一九歌

1
如果想伪装成自己，
是一件不可能的事情。
新年三件事：少点赞，不交友，多上山。



2
对面山谷展翅欲飞。
太阳从后面露出时，真有重逢之美。
粗衣粝食，不扰人世，此吾志也！
用白菜豆腐煮了挂面，吃精光，步行去碧山寺。
小时候上学走路很少抬头，奶奶为此数落我。
上坡不抬头，下坡也不抬头。
后知虚云老和尚走路也不抬头。
今日一直低头走，感觉脚下真的有路。

3
从山下看山上与从山上看山下有什么区别呢？
都是看一眼。
从西湾村往南，跟着溪水画出的白线，一直爬到山垭口，
翻过去，就是庙沟了。
天地有大美，为何不独坐？

从庙沟出去，是文殊洞，再往外是观音洞，再往外是南山寺。
鹏远兄，诗有什么好写的，无非是浪费白纸。
我和荒草一起请你来山里看天空吧。

4
总得有几个明白人活着，掌灯。
总得有几个人立直。

5
他几乎是替我活过。我几乎是替他重活。
“一天不走路，就感到寂寞”。
“一块石头歇歇腿，原来是墓碑”。
“酒醉则卑鄙可怜，清醒又寂寞堪叹”。
一八八二年——一九四〇年，五十八岁。
种田山头火，日本人。



6
山西的云不够看，我就往云南跑。
云南的云不够看，我就往内蒙古跑。
山下不够看，就上山。
地上不够看，就跳。
“扑通”一声摔下来，哈哈大笑。

7
无人处乃我去处。
花开一时，我也如此。

8
山重重，一整夜了，月亮还在清冷。
山重重，什么时候不走了，山才会在脚下停。
太阳因觉醒而鲜红。走啊走。山重重。
秋风过耳。

有一瞬，太阳住左眼，月亮住右眼。

9

过河的时候，摔了一跤。

趴在地上想，遇见自己，就不自以为是了。

遇不见，难道不是一直装？

抱住绊倒我的那块石头，亲了又亲。

10

走路为了脚疼。脚疼何为？

鞋破了肉还在。

11

昨晚，我对嘴巴说：闲你七日又如何？

上嘴唇陪下嘴唇。

《杂阿含经》陪眼睛。

月亮陪深山。



12

读至“以菜寄煮肉锅”，竟感叹：肉岂知菜乐！

显然这还是吾我。

罢了罢了。

一锅也是罢了罢了。写诗也是罢了罢了。

端碗拿筷。

吃菜吃菜。

13

嘴巴的功劳就是：胡扯，吹牛，争吵，拍马屁。

它经常忘记自己的任务是：吸气，呼气。

14

每天继续对一些毫无意义的事情进行重复并在重复中再次消解对外在一切的

兴趣。
呵，早上！

15
像老鼠玩猫，让猫觉得自己是猫。
人被事情玩来玩去。
也就是说，如果没有白菜和豆腐，
我的生活会直接暴露出它毫无意义的真相。

16
一大早，身体对我说：是你把我弄坏的。
我说：对不起，我一直把你当作是我的。

17
从后半夜开始大风在门外扑打。
台顶的风磅礴而冷冽，确实有大气象。
从未遇过这么粗野、粗暴、粗重、粗愣、粗硬、粗犷的。
一出手就没任何余地。
真是爽快。
大风把你吹斜，你再斜过来，斜斜地一步步往前走。
有时顶风，弓下腰，低下头，往前钻。
用脚证明举步维艰。
独行，能看到八风捉人，好。
“我放弃了那些多余的想法”。
我遇见了自己。
我与我开始君子之交。

18
每一片雪都不知道往哪落。
每一片雪都不知道与谁靠在一起。
好吧，下完再说。

19
“滑倒又跌倒，山野静悄悄”。
何为静悄悄？
就是黑黑的，听见自己一脚一脚踩地球。
就是群山不动声色，用山脊线把天空切成一块大玻璃。
给你。
就是山溪整夜流动，一直流到清水河。
就是残雪抱着野草，摇啊摇。
就是再过一阵子，晨光才会慢慢透亮。
就是晨光透亮之后，就会听到几只小鸟清嗓子。
就是爬上佛母洞一千零八十个台阶在大雄宝殿门前跪下来。
就是一扭头，啪，鸡蛋破了，
对面山头上露出一个大蛋黄。

## 疫中朝台杂句



一张白纸。
没有写字。
不需给它赔不是。
让它留着自己的白。
或者把写下的擦干净。
再给树木还回去。

——0

0
脚爱上走路。
五十三等于零。

脚踏在大地上。
大地也在随喜呢。

十个脚指头。
我的十个大将军。
咱们出发吧。

0
凌晨四点半就往深山走。
天上还给留着几颗星星呢。
山硬成黑影。
树硬成冷风。
月亮即将熄灭。
教我如何提问。

0
月亮也是一个大傻瓜呀。
那么冷，那么孤单，它还要照人间。



0
白云寺的大门关着。
但门前的观音菩萨一直站着。
佛母洞的大门关着。
但照壁上“感恩”俩字，我认得。

0
鞋与脚说：“别怕，亲爱的，我陪着你呢！”

0
向小草学习小草的小。
向小鸟学习小鸟的小。
向小松鼠学习小松鼠的小。
太阳升起来了，阳光给了它们。
何曾漏掉我。

0

人终需一傻。

迟傻何如早傻。

地球转个不停。

落叶又将出生。

0

小鸟一醒，就开始歌唱。

一路不停。

我又不是权贵，你们何必热烈欢迎呢？

0

光头一颗。

两肩一扛。

往上。



0

孤独的味道，我只品尝新鲜的。

冷泉泡生普，有谁喝过呀。

汗水和着泪水，掉在路上了。

小松鼠瞪着眼看我呢！

0

走一步等于零。

再走一步也等于零。

五十三年一个零。

哇——我又哭出第一声。

0

天空不矮。

清高自活。

人迹稀有。

往前我走。

0
心里住着魔鬼，也住着绳子。
魔鬼与绳子比谁快。
有时是魔鬼。
有时是绳子。
我哭。

0
山是一面镜子。
我是他的影子。
我若为镜子。
山作影子否。

0
眼里只留下星星、月亮、太阳。
耳朵里只留下风声和雨声。
脚，请它走路。
鞋，请它破。
问脚可累否。
脚说：累是你的事，与我何干！

0
减。
减得还不够。
继续减。
还没减出一轮明月。
没减出灯。

0
走完一步走一步。

走路就这么简单。
菩萨也是这么走过来的。
菩萨也这么简单。
菩萨等于零。
菩萨啊，我也这么简单。

0
感谢光荣的、诚实的、臭烘烘的脚。
它没偷懒。
鞋知道。

注释一：
2020 年 5 月 24 日（庚子年闰四月初二），独自徒步大朝台。
疫情期间，五台山台顶寺院都关着门。
无处借宿。
近晚走到清凉桥（吉祥寺），正好有个温室大棚。
拉开门，竟然还有一条破被子、一条破褥子。
往地上一铺，便是一晚。
感恩这床破被褥。
躺在地上，正对星空。
感恩落在我眼里的每一颗明星。
旁边流着一条大溪，冰冷，够喝。
感恩溪。

注释二：
把诗从诗里消灭掉。
戳破它。
别含糊。
一点也不！

注释三：
名称消失的时候，物才回到物。
一切艺术最终被观念卡住。
放弃它。

# 一种原初的震惊感

## ——石头诗歌印象

/ 苗霞



石头是一个艺术特征鲜明的诗人。在现代性和后现代性艺术大潮席卷一切的时代，他却逸出主流，迈进幽深的古典进而溯源探本。他的向古典溯源并非我们惯常意义上的继承传统，继承诗经的传统、屈原的传统、唐诗的传统、宋词的传统等等，把古典诗歌的形式、修辞、特点、内涵重新加以整理，在现代性和后现代视野的观照下重新表达出来。而是一种清埋，返回人之本、诗之本的源头行动。“写到诗里没有诗”，他提出的这个个人诗学主张是他写作的总概括。

石头一直实践减法写作，一边破一边立，在去修辞的同时，构建了一种否定性修辞术。

“不扔掉身上的眼泪我不走 / 不扔掉身上的春风我不走 / 不扔掉身体里的每个人我不走 / 不扔掉身体里的自己我不走 / 我走的时候 / 一点多余都没有。”（《献给鹅屋大山上的月亮——兼致王维》）

“食物不需要太多，哄哄肚皮，能够维持体温就行了。/ 水也可以节制。/ 空气却是最需的，没有这口气，什么也不是。/ 但空气最是忽略。/ 思考不需要，思考都有局限，都是大脑制造的垃圾，不值得。/ 嘴巴也不需要多少，可以闭着。/ 眼睛不需要多看，东张西望是多余的。/ 耳朵也不必多听，越简单越好。/ 胡子不需要刮。/ 面子也不需要。”（《献给鹅屋大山上的月亮——兼致王维》）

“低着头，心中念着佛号。/ 不用眼睛。/ 不用耳朵。/ 不是我走。/ 也不是山河大地在走。”（《献给鹅屋大山上的月亮——兼致王维》）

“相对于真理，馒头不重要，酒肉不重要，美女不重要，朋友不重要，父母不重要，国家不重要，月亮/不重要/但，黑脸重要/翻脸重要/不要脸重要”。（《无所诗35》）

“树干对于树根是多余的/树枝对于树干是多余的/鸟窝对于树枝是多余的/鸟对于鸟窝是多余的/鸟飞走了。/鸟窝对于鸟是多余的/树对于鸟窝是多余的/这些念头是多余的。”（《无所诗53》）

“把眼睛减少到一朵莲花/把耳朵减少到一声佛号/把身体减少到一根骨头/把世界减少到一笑”（《无所诗30》）

……

石头的诗中常用的是“不用”“不重要”“不带”“不需要”“减少”“多余”等。可见，诗人酷爱使用否定的句式，很多诗由否定构成，也就是说他的诗是用减法计算的，这与传统中用加法写诗不一样，减法的行文规则是信息不断地被剔出、排除，这是一种反论的手法。也有很多人用反论，但只是作为诗的部分插入，石头却行使彻底的否决权。他究竟在否定什么？还是用他的诗来回答：



“先杀羊，还是杀白云/杀羊就杀它的形状，杀它的性质/杀它过去的形状、现在的形状、未来的形状。杀它/过去的性质、现在的性质、未来的性质/杀白云就杀它的妙美，杀它的比喻/凡所有相，一律杀光”。（《无所诗39》）

羊，作为人类最早开始狩猎和驯养的动物之一，中国传统文化从诞生时起就与之有着密不可分的关系，《易经》里的“三阳开泰”就是一个铁证。白云，作为古典诗歌的原型母题，千百年来诗人吟咏不尽，其文化负载过于滞重庞大。对这些物的称名词，在诗人看来早已成为丧失光华和力量的“公共流通的类聚化的指称工具”（陈超语），“以往时代的族类集体意识、认知和价值判断，以及历史积淀的公共知识对人类经验的归纳”（余怒语），尽都壅塞其中。如果不把之清除尽静，个人的声音、体温、感觉无法再注入其内。所以，这样的语言势必会干扰我们，以致我们无法说出自己的感受，无以见“本心”，对于存在本质的本体论承诺也必然会走向空虚。所以诗人在这里连用11个“杀”，立志要破除否定万事万物各类的虚幻之“相”“象”。

出于这样的理念认知，石头在诗歌创作中，淡化修辞，弃绝装饰，提倡一种“返璞归真”的语言形态。首先，其诗歌语言长着一副浑朴的面孔，浑，是浑然、浑圆，朴，是朴拙、稚拙。浑朴至下雪如同牛拉屎——“此情此景类似于牛粪/在西河

沟的圪墚上 / 一头牛走着走着，撅起尾巴，露出那红烧肉的屁股 / 噗嗤一下，牛粪刚好落在土路上 / 冒着粮草糟粕的热气”。浑朴至“夜半去门外小解，山中仅此一人 / 星星一颗一颗往眼里掉”。这样的感受性语言如同回到了原初的无意识时刻，迸射出天地初创期的浑然磅礴和原初新鲜。其次，在实词中，石头很少用形容词，虚词中很少用副词、连词、介词。他的诗句常多短小精悍，元气充沛，从唇齿中吐发出来就像朴刀短棒在风中霍霍作响，铿然有耳。

在大量的缺席（如同现象学的“还原”“悬隔”）以后，在场的东西就鲜明了，那就是人的初心映照出的事物本源。这里的原初，不是事物发生学意义上的原始，因为那往往意味着低级的、粗糙的、未发育完全的萌蘖状态；而是一种现象学意义上的原始，指的是一种原初情境中的体验。对原初的蔑视，是一种现代性的傲慢与偏见。在这方面，石头的诗歌是对现代性的有力纠偏：语言，只有回到原初状态，才能忆起存在本身，才是对人的本真存在的一种回忆、忆念和应答，是一种追思。这种存在之思不是现代意义上的思维和推理——其轨迹不可预料的错综和自我缠绕，热衷于克尔凯郭尔的反讽辩证法、阿多诺的否定性辩证法、维特根斯坦的游戏辩证法等现代性、后现代性哲学。石头的诗思是一种本源性的思，它的特征体现为一种顿悟，是电光石火下的醍醐灌顶、启智开慧，是典型的禅宗棒喝的思维方式。这样的诗，对于读者的感受冲击要么如冰冷的泉水袭顶而下直灌心灵，要么如一束耀眼的强光猛然横扫心灵，但无疑，它们都是一种原初带来的心灵震惊感！

田华

《晨风》

纸本水墨

68cm×34cm

2019 年

# 组章

# 在苹果树荫下

/ 张永伟

## 橘子酒

这个世界，需要名词。
小鸟和树叶。

没有人会那么重要。



在苹果落下的一刻，
你已出生了许多年。

一个不饮酒的人，
比饮者醉得更深。

橘子闪光，隐于叶间：
没有人看出，风就是群星卸下的斗篷。

## 很小的时候

很小的时候，我就学会了读书，
还有磨面。有一天，来了
一个叫冬梅的女孩，
我没敢多看她一眼。也没敢多说一句话。

为此，我后悔了半生：
那时候我多么年幼，就像香椿
刚刚生出嫩芽。后来，
我读到《一千零一夜》——

才明白，远离的人
永远居住在心中。如今，
那些故事我大多忘却了。
可是想起我没说的话：

依旧心疼。尽管此生，我像磨面粉
那样细细过着。尽管我
一遍遍读着《庄子》，还有《坛经》。
在一百一十五夜，我反复地流泪：

仿佛我就是那镜子里的一盆花草，
一盏灯。



## 在苹果树荫下

在苹果树荫下，忽然忘掉了
要写些什么。
那时候，母亲还在——
我在苹果花下喝着羊奶。

在婆婆后院的柿子树上，
我像小鸡那样睡觉。
冯新伟说，如果你把鸡改成你，
这首诗就更加完美了。

我没听他的，在树枝上睡觉的
还是鸡。诗歌

也许不可能完美。喝桑葚酒时，
我想起了母亲，还有父亲。

如果天地不那么黑，
他们会活得再长久一些。
是的，我们的先人，
也总是生活在炭火之中。

酒醉的时候，我又想起了
纪伯伦，在葡萄酒的影子里
他独自流泪，为了一小片消失的原野，
为了溪水和小鸟的哭泣。

## 青草医生



槐花开了，在圆月下
她已劝解好自己。
中国花木，早已不是花木。

父亲七十九，作为平民——
门口的青苔，已经有了
圆圆的结局。邻床的哭声，依旧
如急雨。还有那些树。

在初夏的风中，
母亲就像一阵新雪。
在庄子的门外，
一阵阵声音敲击着瓦盆：

鱼独自做梦，树叶
相互追逐。病人日多——
青草的医生，也在加倍增长。

## 楼顶的向日葵

多日没上楼顶小花园了：
看见向日葵的脑袋
被绑在木棒上。

这让人想起普鲁斯特，
和他的小甜饼。
还有自恋的小猫。

几个穿蓝色工装的人，
吃力地抬着一大块铁标语
走在沥青路上，映着虚弱的夕光。

在假装酒醉的植物中，
你又想起那个红衣少女——
在亚刀家的下午。阿根廷旅行。

在安徒生的文字间，
人们穿着脚蹼，大声
赞美冬天的温暖。

起风了，在白鹭离去的枝头，
你看见一个女人在跳舞——
那动作又像是在歌唱，却听不到一点声音。

## 葡萄藤

仿佛是另一个女孩，
另一片海域。
假如不是你说的——

沉船上的落花。

我们爬上节节草的楼梯，
看见旧门外的自己。
看见苏轼与王弗，听风的竹林。

一直徘徊在林外的
弗罗斯特，
摘掉面具：我就是那
雪夜的黑暗之门。

房顶的葡萄藤，
拴着月亮，它像琴弓
那么弯曲。



## 星月与词

——给怀金

维特根斯坦说：贝贝呢？
不知道谁说了一句：
月亮今天没有穿新的裙子。

怀金此刻，已上了
通往洛阳的高速。生在海边的牡丹，
有着羞涩的表情。贝贝说：

你要摒弃星月，摒弃熟悉的词。
我打字，喝茶，想着星空：
尤其是梵高的。

在涛滔把酒拿进
办公室的一刻，江水继续流着。

风也吹了进来，
尽管我不想写下熟悉的词语：

但是它们像儿女那样，
紧紧围绕着。

## 槐花与旧宅

槐花开时，几个不开心的人
变成了游鱼。
她白色的花瓣，几乎就是一场梦：

卵石与沙，都在旧宅。
苹果树，已结了九颗青果。
青草依偎着父亲。

不，是父亲常躺的木沙发。
没有人会觉得昨天的海棠树
永远存在。可是他
总有一颗天堂的心。

在高高的山冈上，杜鹃花
从不生长。在旧年的沙沟里，
上帝从不过往。
而槐花开着，像初冬的雪花。

## 小小儿

小小的鹌鹑，
小小的儿。
牡丹花开了，
月季花也开了。

儿的父母不在了。
他们笑的时候
你流着泪。
可是你依然喜欢这春天。

小小的鹌鹑，
小小的儿。
小小的鸽子，
担心着医疗费。

流泪的母亲，
流泪的儿。
窗口的花开时——
我们刚刚回来。



## 玛丽莲，但不是梦露

玛丽莲，但不是梦露，
她说她只是花盆里的一株瓦松。
在阴沉的天空下，难得
她这么快乐。

我在读《天方夜谭》，
以前我低估了它。
“她的腹部如同一本
从没打开的新书”——

一个中国脚夫，顶着筐子：
赞美萨桑王国的玛丽莲。
一个人的身体里，
有着三种答案：哦，

可怜的少女，露珠的护卫。

此刻，在暮春的冷风里，
葡萄酒已溢出了嫩枝的身体。
有人建议你把儿子送到西部，
可他的心早已飞到了西方。

（选自“青春在”微信公众号）

# 雨中，燕子飞

/ 沈苇



## 隐子草

再低一些
低到闪电的根部
埋下牛羊的尸骨、马儿的长啸

再低一些
隐到痛失的时光中去
好让影子骑士、帝国幽灵安营扎寨

再低一些
让草浪和长调漫过扎鲁特山冈
去叩问一个流蜜与奶的远方

再低一些
轻声地，呼唤命根里的姐妹：
白羊草、虎尾草、黄背茅、胡枝子……

## 村里的孩子

挣扎的人，生出挣扎的孩子
脸上有污泥，污泥里养鸡鸭
水里扑腾，捉蝌蚪、螃蟹、小鱼

遇大雨，跳进河塘，露出鼻孔
老人说，这样不会得病
病了，穿一件姜汁内衣
病重，喝臭卤，吃一只蛤蟆

挣扎的人，生出挣扎的孩子
所以走路很晚，似如拼命
他摇摇摆摆，从桑园摘回木耳
木耳是带露的
污泥的脸上是有光的

## 雨中，燕子飞

燕子在雨中飞
因为旧巢需要修缮
天才建筑师备好了稻草和新泥
燕子在雨中箭一般飞
淋湿的、微颤的飞矢
迅疾冲向时间迷蒙的前方
燕子在雨中成双成对飞
贴着运河，逆着水面
这千古的流逝和苍茫
燕子领着它的孩子在雨中飞
这壮丽时刻不是一道风景
而是词、意象和征兆本身
燕子在雨中人的世界之外飞
轻易取消我的言辞
我一天的自悲和自喜
燕子在雨中旁若无物地飞
它替我的心，在飞
替我的心抓住凝神的时刻

燕子在雨中闪电一样飞
飞船一样飞，然后消失了
驶入它明亮、广袤的太空
我用无言的、不去惊扰的赞美
与它缔结合约和同盟

## 在黄公望隐居处

没有比月亮更古老的刑具
没有比群山更绵延的长叹

草木萧瑟，万象肃杀
雪落，如“薄粉晕山头”
四壁内的意象和减法在燃烧
笔墨，困兽犹斗的第二现实



不可痛失游侠吴均所见：
风烟俱静，天山共色
从流飘荡，任意东西……
乱世春江水，魔幻般清澈

现如今，绳索替换了月亮刑具
天空唯余星光的荒草和鞭痕
通向一山一水还有一条
逃亡的小径，可能的小径

大痴暮年，还有草庐里的小南天
或登眺，或凭栏，不知身在尘寰矣
卧游于绝世的山水长卷
隐者神圣的第四人称已然诞生

## 一次拜访

寂静的午后
几只绿头鸭在觅食
桑树地里，矮秆桑死了
一半，另一半长出新叶

雨水蓄满废弃的陶缸
反光里有腥味的湿气
蚕匾、菱桶和锄具
靠在墙角静静腐烂

清明过后，油菜花谢了
枇杷像悬挂的青团
在高于木槿篱笆的地方
旁若无物地饱满起来

黛瓦碎地，粉墙斑驳
在增加午后世袭的静谧
村庄的一角看上去快塌了
却好像仍被某种执念硬撑着

三十年后，我从西域归来
去拜访一位儿时的玩伴
获悉：妻子罹癌病逝后
伤心欲绝的他已远走他乡

## 贝雕博物馆

九亩丘上煮海盐
这是古人的劳作图景

虎皮房里养贝壳
才是今天的天才构想

巫的案儿，鲍贝和鹦鹉螺发出幽光
木头兽脚，穿过越南、菲律宾雨林
到了洞头，以为已是海角天涯
甚至波浪、涛声和天空
也一起来到陈灿渊的密室

夜光螺叫板夜光杯
但螺钿的《心经》
并不反对和一幅女体悬挂在一起
童子们的手工时代
在一堆七彩贝壳中重塑天真



艺海无涯，深海拾贝
泅渡和凝视都是另类的垂钓
当羊栖菜像美人鱼发丝拂过海面
吉尼斯的砗磲代表大海之心

海岸线诗人进入贝雕博物馆
像一群鱼潜入大海的史籍
中年的泥马，仍在滩涂疾驰
啊青年，这些润唇凤凰螺
静卧海底的发射器

## 端午怀屈原

把生，包进粽叶
死，就隔绝在外了
糯米的生，嵌入簇新的祷词
嵌入蛋黄、豆沙、红枣、莲子……

这自然、生灵和咏叹的生生不息

要用汨罗江的水去滚煮
再去黄河、长江泅渡
去大洋、瀚海沉浮
配以艾草和雄黄
配以橘颂、美人
怀沙、国殇、礼魂……

屈子，登昆仑兮食玉英
我们坐在江河湖海边
虔诚地吃粽子

粽子，是我们歌哭的离骚
亡者归来，才是真正的不朽



## 秋日

似乎夏日的悲催已经过去了
还不如额尔齐斯河一条哲罗鲑
拥有几秒钟的流水记忆

阿勒泰的风是干爽的
阿尔泰的雪豹是优雅的
不像独狼，闯进羊群乱咬一气
绵羊和山羊，终得以保全无辜一词

一个声音温柔地说：
“高兴是活，不高兴也是活，
所以还是高兴一点吧。
秋深了，黄金在树上舞蹈……”

我，曾在久远的时代死过一次
现在，又活过来了
弯下身去——
用一把枯草、几片白桦落叶
杀死自己的记忆

（选自《长江文艺》2021 年第 1 期）

# 危险的心灵

/ 胡翠南

## 召唤

乘坐 97 路
沿湖东桥
水流拐个弯
饱学如流浪大师顺势而去
我们追随喧哗
经沸腾的文灶地铁
感觉旧城重新有了新鲜的质地
这么多年过去了
往事蓬勃如新
这里往右
前往当年意气风发的禾祥西路
出租淘金者的摇篮
再经过老年大学
黄昏微光
可以毫不理会那时间摇滚的魔术
我会在嘉美花园下车
于角滨路口
抬头看见几个赴约的诗人
我不认为那是虚无
虚无是门店前的松竹与梅花
进去吧

还须与市井共结同盟
揭开饱暖的谜底
我们是通灵者吗
铁板已经灼热
食物们祭献自己要我们找出一个奇迹

记：4月17日与诗人子梵梅、拉尔斯夫妇，横、智总夫妇，威格聚。

## 松柏湖

树叶清脆
转过松柏高中的折角就是松柏湖了
避雨的人躲在伞下
对湖水动荡关闭耳朵
他不愿意抬头
看垂直向下的雨水
时间呈现出缥缈的骨架
要等到柳树都融化了
喊什么什么都不在
他才能体会无法与人分享的伤感
伤感就是湖岸
什么也看不见

## 他比我们提前到达

又有年轻诗人选择永远离开生活
永远。他的勇气来自精神的消磨
废铁的世界令人窒息
他用力抬高自己
终于收到天堂来信
连同母亲的泪水一路奔向那里
他留下“永远”。滞留的一地鸡毛

抵消了流水的空隙
雨水太大了，掘地三尺
要挖出所有悲哀的人形
他的灵魂很轻，比我们提前到达
感谢伟大而抑郁的先知
带来充满希冀的生死游戏
以神圣为名
通往天堂的路还有两条或者三条

## 种花

一个人自言自语反而是件好事
他是自己的上师，听众
抵消了所有曲折
他一个人对抗了世界的驳杂
就像一个疯人院的女病人
她只唱歌给自己听，不在乎你是谁
比如现在，我在阳台上种花
死了一棵再种一棵

## 谷雨

一场突如其来的暴雨
摧毁了一只蝴蝶的翅膀
“牙疼让人怀疑人生”
这太轻微了
我理解这只蝴蝶的处境
一群蝴蝶在喊叫
我也听见牙疼的那个人捂住嘴巴
喉咙里的黄连让他苦不堪言
刚才我们经历了102次的闪电
眉头紧皱，肩膀因恐惧绷紧

谁也不敢轻率走出房间
另外两个人低着头
小声谈论斯里兰卡第 9 次的爆炸
死亡人数激增
我们不认识刺客
不知道死伤者此刻在想什么
这不奇怪
50 岁以后仍然不知道在想什么
岛外冰雹狂降
一颗，还有一万颗
他要在回忆中慢慢消磨那些病牙
他喝茶的样子像在品味真理

## 当我们沉默时



一只蝴蝶飞进来
阳光贴在她的翅膀上
像是更多的蝴蝶
没有什么比这更好的了
我们一直假装很平静

## 夏夜

可以使用凉爽，舒适这样的词语
我们互相做游戏
我甚至躲在石头之间
告诉你们
可以取出我
想想吧
从夏日的夜晚提取
甜心
露珠

孤独
甚至
沉寂的
墓志铭

## 危险的心灵

我需要一个起始
清晰，连贯，毫不犹豫向前
周围很空旷
灰白的鸽子偶尔做些点缀
但我不知道会走向哪里
所有危险都在不动声色中排列
我与它们走在一起
我们要翻越峡谷
我请它们一起在活着时歌唱



## 桥

我时时觉察到
一场声势浩大的隐喻
她刚刚触动了往年的经验
须慢慢转过身来
想到已为之献出的生活
那些背叛
遗弃
桥头直立
现出绞刑架的面容
初夏的微风随即吹来
隐喻消失
桥头正走向真实彼岸
流水逶迤着拖走线索

在干净的夜晚
她收拢幻象
重新换了一个人

## 节日

我觉察到迎面走来的女孩
五官之下的傲娇与羞涩
眼睛像两颗夜空的星星
我来不及凝视与思索
她是否幸福
她会想念谁
假期将会很快结束
我迎面撞到一小部分空气
略微荡漾
在思想中无限接近我的少女时代



## 遗憾

当一阵疲惫袭来
风翻卷出草茎
我会死去吗?
风很快平复又再次卷起
我觉察到光线无限扩大
被星空所接受
我正要求证轮回的必要并与之交谈
我还有既往吗?
是否保留残缺的认知
光线收缩
身体仍在这张椅上
它说没有
没有

它把椅子埋进水泥浇筑的楼板
脸庞坚硬
现在还不是时候
它略感犹疑
你好
死尚未降临

## 自闭症

五月的第一天
灰雨在层层涌动
我没办法说应该或者不应该这样
在素食馆门前
一条红色横幅
一个捐款箱
一群星星的孩子在唱歌
我被选择
我们联系在一起
我和他们一起在唱歌

2019-5-5

## 痊愈的力量

风忙于造房子
给树叶上的涟漪
给跃出水面的烟云造房
它拿走一个人的形骸给另一个人
架裟转赠演员
我的生活常常出现转机
策兰写到
“我能让自己沉入你的身体”

他让我任选其一
苦难与欢欣
只要发现他在里面
很快就会发现
他也在外面

## 我正在读一本瑜伽行者的自传

我去剪发
像一个修行者在镜中观察
他说，你应该把头发剪得更短
而不是左右为难
我们共同完成了一次精心的塑造
他的意图是好的
我刚好需要一个引导者
重新观察被忽略的
那些未被惋惜的事物
它们很有趣
一边呈现一边隐藏



## 在夏天的晚上

我看到我的身体
那道光
正沿着河边的路前进
在夏天的晚上
底帕卡拉格（Deepaka）[1] 将唤醒同情心
但人们走调了
唯有克服那些限制与恐惧
50 岁

[1] 底帕卡拉格（Deepaka）是印度音乐的一种固定音阶，只能在夏天的晚上演奏。

我已达目的地
可以丢开那些地图
这些理由形成夜晚凉爽的微风
让我愉快地离开你们
就像一幅卷轴被收了起来

（选自《厦门诗人》微信公众号，第 014 期）

# 这人间，雨水珍贵

/ 胡兴尚



## 在某虹鳟鱼养殖基地

沿着刀锋的走向
它们长出鲜嫩优质的肉
交给劈斩和切割

群居，集体主义
因此，总是拱手让出
双倍的杀伐和口福

师傅们争相炫技
以其力道精准的绝活
尽量薄，命比纸薄

池水清浅，网格状
禁其身，夺其命
剔其骨，曝其尸

细密的纹理，迎合
老抽，陈醋，芥末。有时
我们生吞活剥掉的，正是我们自己

## 十万亩葵花

这是波涛顶部翻滚着银子的高原
靠近太阳的地方，十万亩葵花
截流成功，把往日过气的黄昏
导入纤维和骨血的河流
面色苍黄，十万亩溃堤的泥沙
浊浪，冲洗着孕育之心
蜜蜂和蚂蚁，互为表里
叩问着锁在巢穴中的黄金
一些隐匿的丝线，执于太阳手中
它一拉伸，十万亩飞扬的葵花
就激荡起生殖的毁灭焰火
蝴蝶踏着浪花，周身蜜汁
穿过阔大叶丛，兜售着失传的房中术
风过处，金龟子搬出集藏的落日
高原上耸起的，熟透的十万大山
怀抱葵花，献祭山鬼和天神

## 烛焰上的帝国

固守着最后的点点烛光
人间仅有的烟火
它容易寂灭，化为青烟
它难以添续，因此
要让它烈一些
旺一些，这小小的
再不可扩充的帝国
要扑向它，以身伺之

它正打算从内部抽干自己

来撑住仅此一次的盛大
它枯黄的瘦脸
淹没在指向内里的紧缩中
四面的黑正加紧攻势
风声渐起，烛焰上的帝国
不添壮丁，不修工事
不燃烽火，心怀烛照和指引
它心里一点点蔓延开来的暧昧
足以对抗每个多事的冬天

## 夜光

夜色从八毛钱的冰镇可乐中升起
一半腐烂，一半鲜香如初



打折的月光止于锈蚀的晾衣架
它暗中掀起的风暴潜入落满灰尘的干花

骨头和卤料堆满仿真的大理石桌面
色味尽失，有无酒意，相谈不无忧伤

悬挂重物的水泥钉向内回收着锋芒
从明天起，要以微笑拥菜蔬入厨

少油盐，少生杀予夺，不燃烛光
让蚊蚋逃离玻璃的悬崖，焰火的坟墓

细水终要长流，院子里警笛呼啸
始终相信，夜色该温柔，罪恶会减弱

## 海边

一直奋力追赶的波涛
把我悄悄送回岸边
所有心之向往的异处
到头都是一场轮回
任凭你怀揣多少海水
泪和盐，都必将败给
反向逆进的帆影

风暴一直独处心中
淬炼着空茫的无边青铜
万不得已，它才会
展开刀锋，温情地割除

几乎披着整座大海
承受着，蓝色的双重抚慰
浪花寂寂，眼底的沙子
因为饱尝磨砺和惊悸
潜藏着光芒万丈
夕光中，海螺一开口
它们就摊开命里的柔软

## 夜高速

它带着暗夜破碎的流光
浩浩荡荡，一路穿过脑回沟
截取拥堵的一段
人世的穿肠毒药，治愈
先天贫血和心肺阻滞
它贯穿的高地和丘陵，对应着

凌晨的胸闷和偏头痛
惯于从充满汗臭和脚气的车厢中
虚构出小人物
和他们躲避不及的奔逃
而夜高速，丝毫不能减缓
指向不明的背叛和诱拐
每过一个出口
都会记下一个地名
要相信，把我们偷偷送往异乡的
正是幽闭的另一个自己
他不过希望我们历经劫难
褪掉荒草或落日的肉身
回到尘埃中，和他重聚

## 没有谁比蓝更深谙沉默之苦



不能说红，不能道白
尽管红和白正覆盖着它
有时融入它的骨血
甚至不能说铅灰或乌黑
世界的本源之色

我们拥有的所有蓝
它拒绝说出偏爱和恩宠
拒绝分享半个字的静默

蓝是坠入阔大水面的淡然
或是飘在高处的遮蔽

在蓝色的孤独世界中
和平和暴乱制造者
拥有对等的从容和惶恐

蓝熟知通向明天的凄迷之路
但它从来都不会说出

## 河谷之夜

暮色之绳打了个死结
我们便置身封口的布袋
作为见面礼
风从上游截取的一小段流水
扑闪着鱼骨和星光

泥沙顺流而下
掺杂着命里的黄金
擦燃起蚀骨的燠热

流水向下，惯于接受
无止境的劫掠
顺便掏走我们身体河床中
枯败的茅草、淤泥

美好的想象止于拦河大坝
流水在下游等着我们
以静止的美学和隐藏的淹没
除了电流和鱼虾
它心中有潜在的溃决

## 川上

深谙时间之道的
不止流水、智者、哲人
起伏的河堤上
清风放缓，卵石慵倦

桃花也羞羞地开着
随遇而安的流浪狗
泰然打坐，收起长舌
慢慢过完这一天

相比之下，蝌蚪和石头鱼
倍加仓促惶恐，似乎
我们不断扩张的胃口
拥有无穷的吸力，弹簧般
疯狂打开它们的身体

山崖多么悲壮，千年一面
它是岁月轮回的见证者
河川上游，反复更换的花草
绿化树、石板、路灯……
挟裹着死去的光阴
顺流而下，江水的冷面中
是被无端一再偷换的人间



## 我喜欢黑更多一些

在破碎的天空下
谁都是自掘坟墓的人
身体里的烛台
埋葬着蚂蚁的尸体
我独爱乌云吐纳的日光
从我们所在的人间仰望
它多像暴雨的裹尸布

我惯于在你巴掌的阴影里
布阵擂台，和自己
终日斗得不可开交

我惯于藏身闪电之灰
穿戴大小鬼魂，游走人间

我喜欢黑更多一些
总是躲在暗处，不设陷阱
不放冷箭。我喜欢吃尽苦头
受尽委屈，坦然接受背叛
一个心藏黄连的苦行僧
必然溃败于光亮，沦陷于
嘹亮的四面楚歌

## 山顶小村

它占据小小的坐标
几乎可以计为虚无
小的山冈，小的夕阳
小的露珠撑起庞大的早安
小的野花，小的毛毛虫
小的石头锁住悬崖和天空

剑叶草站在小小的泥丸上
守护着爆开的豌豆花
蝴蝶的小小宫殿
落日小如灯花，紧拥着
滑向深渊时的小小惊悸

万物静默，彼此相安
持守着小世界、小光阴
小命。一生大抵如此
不外乎，亲历小小的逃离
小小的疼痛、小小的悲凉
小小的不安和窃喜

## 奔跑者

奔跑者托起脚步，健步如飞
向着没有终点的黄昏
或午夜，没有谁知道
他心中的波涛渐渐平息
平滑如抛光之镜

止不住颤抖的
是地底下正在施工的大街
被钢筋别在夕阳中的烂尾楼
酒意中摇摇晃晃的三五混混

奔跑者只有流水的奔跑
流水为他止住，驻足或回头

他奔跑的路线和方向
与结满燕子的高压线大致相同
因此，他总是幻想跑到电流中
穿过黑暗石头般的燕子
穿过它们安如泰山的骚动

（选自《西部》2021 年第 1 期）

# 西燕的一些物事

/ 青中

## 一块鹅卵石被击碎

耳朵贴紧鹅卵石
一条河的回响渗出坚硬。敲裂
若干小的石块重获棱角
用指肚轻划，却有不一致的呐喊

愤怒与不甘，新生或残缺，还有
一些更小的石块心怀感恩
被遗弃也是一种回归

那些野草将趁势珍藏它们
火光只长于瞬间
这是我在意的，一块鹅卵石
被击碎。从浑圆到尖锐的脱胎
保持坚硬，从一而终

## 独奏一枚枫笛

那是放牧清风流云的秘器
以柴刀劈下，一根枝条离开枫树的挺拔
鹭鸶缩回探出的左脚，扭头张望
眼里满是诧异

枫叶尚青，末端削出了奇香
剥皮卷起一枚枫笛
哦，那不过是十岁时的骄傲
吹出的青涩，却足够
萦绕一生的欢乐

## 喜欢半圆形的月亮

越看越近，越看越远
月亮如别在黑礼服上的胸章
仰卧在竹摇椅
偶尔能看到流星，划过
耳畔的蟋蟀，一闪一闪
跟天上的星星一样多



## 路过一小片白茅草

一小片白茅草在烟叶烤房旁
挤挤挨挨
多少回路过，她们始终腼腆
在风的教育下，亦不过对我点点头
而我的回礼是隆重的——

捋下她们的毛絮捧在手心，用力吹出
瞬间，一个干爽的秋天
轻舞飞扬

## 一条没有名字的大黄狗

如今，在小女入睡前我经常会讲大黄狗系列故事
讲它出生的背景，描绘它学游泳，斗蛇，打群架

三十年前，它跟随我到校门口，或迎接我放学
它没穿过漂亮的衣服和小鞋子，更没拴绳

它就趴在院门口，晒太阳，吐着舌头喘粗气，或者
在夜里吠叫，仿佛这些就是大黄狗的一生

而当我再回忆，却发觉它没有
一个属于自己的名字

小女临睡前偶尔会问我
你为什么会记得那么多大黄狗的故事

## 冬至，上山

劈去荆棘与茅草
以柴刀开路，砍断几枝檵木的挡扰

你在半山等待
如去年或前年般沉默。碑前
一层松针，许似你生前的心情
昂首所见，青松又高大了些

为你拔除杂草，堂弟说这像为你理发
但天地是否有别？比较周围的草木生长
一年理一次头发是否潦草

头顶的天依旧高远
摆上你生前喜欢的食点
烧纸钱，为你也点一支烟吧

十年之前，我们偶尔见面

十年之前的十年，我们也偶尔见面
更早之前，我们才终于经常一起坐下
陪我们爸妈吃饭了

## 平安夜，缅怀昌政君

与你背影一并消失的事物
不仅于秋天。深一脚，浅一脚
走不出的不仅于陡峭的夜晚
果摊待售的果子，颗颗孤单
而把这些留在心上
捧出的碗里，竟盛着整个月亮

平安夜，这个舶来品是你不屑的
选择这个夜里远足
他乡有你中意的星辰，与山田
与你背影一并消失的事物
不仅于诗歌。如生活不过一碗酒
你一口饮尽，呵出的气息却长留
在尤溪、大金湖和沙溪河的两岸

（选自“西燕田野”微信公众号 2021 年 1 月 27 日）

# 贴地飞行

/ 川上

## 纸飞机

好吧
从现在开始
一人叠一架纸飞机
在机翼上
做好标记
或者干脆写上
各自的姓名
好吧
听我说
围成一圈
哦　不
还是站成一排
蹲下　身体尽量
往后仰
把注意力集中到
右手的大拇指和食指上
深吸一口气
对　用力
让这架纸飞机
在划出一段小弧线后
用力地飞出去

——这就是今天下午
我们要做的事
每一张纸都可以
叠成一架纸飞机
每一架纸飞机
都可以往天上飞

## 吹了一口气

一楼的人
对着玻璃
吹了一口气
这是在早晨
路上的人
走得缓慢
但还是有两个
走进这团气息里
二楼的人
对着玻璃
吹了一口气
它站在枝头
它也许
已在枝头好久
玻璃上的气息
漫延到它的脚底
五楼的人
对着玻璃
吹了一口气
高架桥上
车来车往
前面的一辆
刚刚开过

后面的一辆
就进入到
这团气息里
十二楼的人
对着玻璃
吹了一口气
天空很灰
没有风
也没有云
这么冷的天
依然有人
站在楼顶
楼顶很安静
楼顶上的人站在
自己呼出的
气流里



## 不完美

有人在弹琴
有人在格子里走
黑白　黑黑白　白黑
同样是在
两种颜色上
移动
苏小黛　桃小兔
吃冰棒
它的脖子
已触及
干涸的河底
它的旁边
站着一头牛

## 贴地飞行

把手伸向水中的倒影

刚一碰就碎　等到能够
仔细打量又显陌生

下一站去哪
补充润滑剂　给轮胎加压
维修花费将近一小时

stop
他们的指令很久以前
就不管用了



从相同的地点出发
以不同的加速度贴地飞行

## 搞么事啊

先是住在六楼的
喊了一句
他推开窗户
对着夜色
喊了一句
住在八楼的刚好听见
他也推开窗
对着夜色
喊了一句
声音传到一楼
一楼的人不朝窗外喊

他打开房门
对着楼道往上喊
“搞么事啊……”
声音沿着台阶往上爬
“搞么事啊搞么事啊……”
声音簇拥着声音
“搞么事啊搞么事啊……”
一楼的人已停止叫喊
声音仍簇拥着声音爬到屋顶

## 一片云

一个是白色的
一个是蓝色的
两种颜色相向
而行。一小片白
懂得避让
它空出来的位置
刚好被一小片
蓝　填补
一小片蓝
已走到
一小片
白的后面
它听见了声音
过滤后的声音
软绵绵的
一小片蓝
停在大街上
街道的上空
飘荡着一片云

## 风向

风往南边吹
挂在晾衣杆上的
白衬衣
鼓鼓囊囊的
风往北边吹
挂在晾衣杆上的
白衬衣
鼓鼓囊囊的
同样一件白衬衣
在不同的时节
鼓动　摇晃
在相同的位置上



## 打开的方式

镜子里的时间
还停留在
去年冬天
她穿着新买的
小棉袄
边描眉
边说
是不是太细了
只有春天
才会有
这么细的叶子
已经过去大半年了
镜子一直空在那

## 满天星

再过几分钟
它们将在碰撞声中显形
星期三，前半夜
小声说话
自言自语
后半夜，一直爬台阶
这台阶可真高啊
他坐在石头上
两只光脚板
面对满天星

## 消息



五头黑水牛
走在通往河堤的
村路上
它们刚去过稻田
刚在秧田里困过水
昨天刚插下的秧苗
浮在水面
蹬着白色的根须
喷气式飞机
在空中忙碌
它们用尾气画直线
一条条排列着
直到傍晚还挂在天空

## 触摸

皮鞋的声音清脆
布鞋的柔软
拖鞋噼噼啪啪
拍打地面
也催促着脚跟
光脚走在石子路上的人
屏住呼吸
他用脚窝
用脚趾
触摸着落日
留下的余温



## 去年的雪

去年的雪
昨天已融化了
一小部分
没有融化的
还匍匐在
草坪上　树枝上
屋顶上
它们陪着我们
迎来新年的
第一天
一群麻雀穿过树林
歇在围墙上
已有好几天了
我们几乎已经忘了
这群麻雀

还有灰喜鹊
斑鸠
这所有不会迁徙的鸟
它们全在雪地里

## 雪夜

他坐在对面
他在说话
偶尔停顿
每个停顿
都像一个标点
有时是冒号
有时是顿号　逗号
在每一句话结束的地方
他都习惯于感叹
每一个感叹号
都和他的身体一样
在摇晃

## 第三天

第三天
我们依然坐在客厅里
话题像屋外的空气
时而明亮
时而阴郁

压在香樟树上的雪
已经融化
阳台边的叶子
接住屋顶上流下来的水

再把这水　缓慢地
滴到下一片叶子上

雪的消融是无声的
只有当它们从高处落下来
才会留下清脆的滴答声

## 冬至将至

把触角伸向天空
这样的姿势
可以坚持多久
站在树冠上
站在屋檐上
站在山坡上
它们的触角
以同样的姿态
颤抖着
伸向空中



## 路灯在电线杆上被逐一点亮

沿途都是电线杆
傍晚的时候
我们看见电线杆上的路灯
被一盏接一盏点亮
像是灯在奔跑中的接力
我站在电线杆下
我在想
要是大声喊上一句
这声音会不会加入
这样的追赶

这声音以及它的回声
会不会在道路的拐弯处
赶上某盏路灯
并刚好被照亮

## 日记

12 月 8 日
想给母亲写首诗
可这一整天
我都在开会
开会显然不适合写诗
但我还是望着窗外
看到我在办公室
接到大哥打来的电话
12 月 8 日
没有刮风　也没有下雨
我挤公交到东亭
接表哥　让他陪我一起回家
让他为您画像
母亲啊
12 月 8 日
您走得那么匆忙
您不见我最后一面
不说一句话
29 年了
我一直有个疑问
如果要说最后一句话
您会对我说什么

（选自新浪博客：川上的博客）

# 废墟

/ 苏仁聪

## 出租屋的顶楼

六个水箱均匀放在楼顶，所有工人的生活用水
都在这里啦。几块烂砖头支着烧烤架
似已很久没人来过，静止的风
晚霞烧成炭火，岭南起伏的小山
工业区，村庄，高速公路，轻轨
大片棕榈，断裂的砖头堆旁站着父亲
天际线那么平，那么远
火电厂的烟囱升入傍晚的天空
只有眼下的院坝是杂乱且喧嚣的
卡车运来砂石，挖掘机平整过后
压路机压紧。低矮的工人在黄昏中
砌墙。洒水的是我的父亲，他戴着口罩
水管像是喷出铁水，火电厂的冷却塔
身影已模糊，后来我无法分辨院坝中谁是我的父亲
谁是我那个刚死去哥哥的贵州老乡
谁是老板，谁是工头
黑暗是平等的，它笼罩大地，每个人都点得起灯
路灯也不用付费，我借着最后一点太阳的亮光
下楼。每一层都是炒菜和接水的声音
我相信这是个祥和的夜晚，在我走下楼顶之后
一切喧嚣都会结束的

## 坐在桉树林

电锯，钢架结构上的黄色安全帽，焊锡
闷热但没有雨的下午，一点风吹动桉树林
有人在门口说话，高跟鞋碰撞地面
板块在你睡眠时运动
你梦见牙疼，高压水枪和漂浮的木头
棕熊，动物园的栅栏和美术馆的玻璃
那来自地底的声音穿透高原的中午
麻雀从黄昏的草堆起飞，留下它不会飞翔的孩子
你背着马草回到点煤油灯的家
那时没有电灯，父亲用墨水瓶制作灯
暗中的光，它曾指导你背诵古代诗歌
它跳跃的声音幽闭在暗室的墙柜，你一直想不起
它还剩多少煤油。有些声音你永远不会再听见
早晨林中鸟鸣并使你感到快乐
你去上学听见蛇在树梢嘶嘶，放学后你绕道回家
你跳进池塘，夏天突然结束
你坐在黄昏的故乡哭



## 废墟

带着博尔赫斯的小册子我离开故乡
经过盐溪村
神轻轻擦去天空的云朵
他的蔚蓝色大衣垂向群山
北去的大河左岸住着多年不见的姑姑
她的枇杷已熟，她的桥梁被洪水冲垮
她玉米运送到集市
儿子远在浙江
乡村街道热闹的一天

我的面包车从有她的人群中穿过
此后要途经亚热带密集的雨林
故乡将在身后变为废墟

## 蓝桉

那棵蓝桉在此地已久，七十年了吧
它成一位老者，皮肤很干燥
刚刚下了一场大雨，它跑着回到家
衣服掉在雨中，裸露的皮肤加速它的暮年
很多次我从酒店出来都要绕道去摸摸它
它的里面肯定装着我们消失的朋友
树干上有好几个人的名字：小东
你在那边还好吗？斌，我们要
在一起。哥哥，你的妻子已经从轮椅上站起来了！
我要去北京了，你在这里好好待着
红色布条，绿色布条
它们飘着想去更高远的天空
这是在云贵高原某个湖边的一棵巨大的桉树
在我二十七岁的早秋，它对我落叶，对我吹风
我就不在上面刻你的名字了，事情我已经全部知道
我这回去就转达你的父亲，说你住在一棵巨大的树中
已经成了精灵



## 语文课堂

最后排窗边的女生坐在轮椅上
她没有腿和手指，烧伤的脸戴着高度近视眼镜
两只手臂夹着笔分析诗人的命运
流落异乡，边塞，黄昏的沙尘
饮酒，情景交融，他的一生颠沛流离
她很吃力但速度并没有慢下来

我走到她身边打开窗，用脸触摸
早秋的风，桉树使我有了深入林中的欲望
但她是去不了的
那些桉树长在大坡度的山上，石头
荆棘林，二十年代的标语
完美的月亮，她看见后会自卑吗
每天晚上都会有一个中年女人来把她推走
那是她的母亲，为了照顾她
她成为学校食堂的一名洗碗工
那时整个校园会为她们安静下来
她们会出校门，左转，避让车辆
（她是学校唯一一个被允许走读的人）
她们回到深夜的出租屋，中年女人抱她去厕所
给她擦拭身体，抱她上床
她会梦见从春天的轮椅上站起来
她会飞

（选自《星星》2021 年第 1 期）

# 中年的修辞

／ 熊焱

## 某时某刻

与五岁的女儿互道晚安，我轻吻她脸颊的时候
母亲劳碌一天，困得靠在椅子上打盹
父亲给她盖上一条薄毯的时候
妻子从菜市场回来，鬓边斜插一抹朝晖的时候
我在深夜写诗，从中摸到我的孤独的时候

我的心，是刚刚脱壳的稻子
有着一粒白米的晶莹

## 重读

一本书多年来束之高阁，再次取出时
它满页的斑点、偶尔的虫洞
都是岁月苍老的锈迹
是隐藏在纸背后的天机，终于跳到了文字的面前
生命正在逐渐衰老，我第一次读它时才十八岁
蟋蟀的叫声低于露水，萤虫的微光高过天空
当我再读它时，却已岁至四旬
“日月窗间过马”，鬓边霜雪无声
我身体内的江河与大海、灵魂里的高山与平原
也终究会向时间举起苍茫的白旗

在这本书里，我重新读出青春一去千里
溃退的中年一败涂地。而在主角性命攸关的瞬间
书页上却只留下了空荡荡的虫洞
那是事件的另一个出口，仿佛是在等着我补充一笔
为人世中未知的命运铺垫一次转机

## 抚琴

有一次我在房间里写作，楼上突然传来琴声
那么悠扬和明净，就像林间的山瀑
从高处落下，在低处汇集成一潭翡翠
数粒水珠坠在我的心尖，亮晶晶地
一直悬而未滴。我不通音律
却久久地听得入神。我仿佛是从远方赶来
越过青春和少年，穿过晚霞与晨曦
抵达我鬓染霜雪的中年
飞瀑白如月光，水滴大于星辰
余音高过林间滚动的松涛声
我愿意在这一池深潭中潜水
抓住那些浮在水滴上的闪光的鱼鳞
在我抬起头来，露出水面呼吸的间隙
我要加快写作的速度，与楼上的琴声和鸣
我也是纸上的琴师呀，一枚枚文字
都是跳动的音符，滑过岁月在星空上寂静的倒影
从我的指尖下，从力气穿透的纸背间
发出空蒙的回音



## 中年的修辞

我找不到精确的词语来描绘四十岁
这原本是一个深度意象的年纪
一个充满隐喻和象征的年纪

四十岁时，杜甫是万籁俱寂的月色中天
时代忍受着他的寂寂无闻，但满天的星辰
正在为他修订着人类的历史
四十岁时，博尔赫斯是夏日的黄昏缓缓到来的宁静
是小径分岔的花园里那一抹永恒的时间
四十岁时，米沃什是颠沛中无尽延伸的长路
一列火车载着他从欧洲的风暴中抵达世界的黎明

今年我四十岁了，却还在穿越平庸的岁月
穿越人群中共同的、碌碌无为的命运
尘世拥挤，我的背影只是一行蹩脚的比喻

## 泥泞



我的母亲已年过古稀，脆弱的膝盖
越来越承不住岁月的磨损。她老迈、多病
想用尽黄昏的光热来爱我们
却越来越力不从心

我的岳父才五十七岁，帕金森病的中晚期
就像暴风中的枯枝，颤抖着不听使唤的宿命
而胃部汹涌的哗变，如寒霜覆盖着大雪
从检查到住院手术，我一直都陪着他
却又只能眼睁睁地看他独自踩着死亡的钢丝

我的妻子忙碌于琐碎的家务、孩子的教育
又忧心于眼角渐深的细纹、日益臃肿的腰身
有时我们为一件小事争吵，打翻一地鸡毛
——多少爱情终将栽倒于婚姻平庸的陷阱

我的女儿还不到六岁，她的睡梦

是一颗大大的棒棒糖，是玩具花花绿绿的幻变
偶尔她发脾气，使着小性子
一块巧克力，就让她的世界融化成一片蜜
而我惭愧于，还不知道如何做一个好父亲

我的儿子还在襁褓之中，流着口水
挥舞着双手，仿佛是想要抓住天空的白云
那是生命中向上的引力。我羡慕他
一个婴儿的梦想，是星辰闪耀着银河之巅
但作为父亲，我又怜悯于四十年后
他将重复我的命运，在这中年的泥泞中
生活给予我们漫长的教育

## 自省书

我有过亲人离世时撕裂心扉的疼痛
我有过女儿出生时如电闪般眩晕的幸福

我有过作为人子却未能尽孝的羞愧
我有过年少轻狂中铸成大错的懊悔

我为人世汹涌的喧嚣而倍感孤独
我为炮火中难民的挣扎而潸然落泪

我为人类禽兽般的暴行而怀揣愤怒
我为风雪中贩夫走卒的奔波而无限哀愁

今年我四十岁，命运让我经历了这一切
就是为了让我要学会好好地怜悯自己

## 夜行

我曾看见环卫工天不亮就出门了。夜里风很大
吹落满树黄叶。他要赶在天明前
递上一条干干净净的长街
我曾看见送奶工也是天不亮就出门了。雨水淅沥
他穿着雨披辗转在城市的楼梯间
为别人搬运着加钙的岁月
我曾看见晚归的父母，一次次地
从夜色中带回月光的霜迹
我曾看见街边守着夜宵的摊主，皱巴巴的脸
被霓虹挤压在低处的长夜
而世界无际无边，那么多夜里卑微的劳动者
就像蚯蚓在地下滚动着泥土的潮汐
有时我守着一张白纸写作，向着更深的孤独夜行
一粒粒汉字匍匐向前，正如命运
不会轻易宽恕这人生漫长的疲倦
远方是黎明在汹涌着晨曦。而头顶苍穹辽阔
点点繁星闪烁，那是天上的劳工
正打着手电在银河中取水



## 月亮

我最初的月亮是记忆中一轮晶莹的琥珀
那时我住在乡下，每个月光的夜晚
我都在庭院嬉闹，在村庄寂静的怀抱中
童年一晃就过去了。月明如水
有着母亲笑而不语的温柔

后来，我的月亮变成了书中的意象
那是我寄愁心的月亮、千里共婵娟的月亮

那是照松间清泉的月亮、与潮水共生的月亮
那是故乡最明的月亮、边关上胡笳声咽的月亮
那是人约黄昏后的月亮、故国不堪回首的月亮
那是如钩似弓的月亮、照了古人又照今人的月亮

再后来我漂泊异乡，月亮的圆缺
就像我人生中起起伏伏的命运
而在长夜中，月亮总会怜悯我的孤独
有时它是虫子咬过我的心头
有时它是我乡愁的伤口上那把最咸的盐粒

有一夜它在梦中安慰了我。当我醒来
它已匆匆远去，却在我的鬓边留下了霜雪
那是劳碌的生命在岁月中结晶
是月光在镜子中倒映着时间



如今，我的月亮是晴空中天的月亮
我与它隔着四十年的距离，一片白茫茫的人间

## 我们在梦中离别

——仿博尔赫斯

我梦见她在做梦。空气中
风涌动着彼此的鼻息

她的梦境里，我正在梦见她做梦
时间正在远去，拐弯处全是星辉和夜晚的阴影

我们在世界的尽头离别。她递给我
一枚戒指和一滴泪水

我醒来时，戒指正戴在指间

泪水正躺在掌心。门帘轻颤
仿佛梦里的她，刚刚离去

天下那么大，却也只是一个梦境
有时一次离别，却让我们用去了整个人间

## 致女儿

那一年飞机故障，剧烈颠簸着下沉的时候
我以为此生休矣，生命将在自由落体中
获得永恒的寂静

天下一片空白，死神的宴席是一段张皇的艰辛之旅
我暂时忘记了其他，只是想起你的脸
一张露水和月光消融的脸
那是众生沉寂，你独自站在全世界的中心



## 在山间听杜鹃夜啼

它撕心裂肺的嗓音里，悬着
一把明晃晃的刀刃

童年时我经常听到它的鸣叫，一声，一声
哀婉、悲切，像泪水跌宕于眼睑
像月光送来了隔夜的霜雪
那时麦地渐黄，山色渐青
我乡下的亲人们，正疲倦地穿越生活的艰辛

后来我离乡的岁月，成为人生漫长的苦役
那记忆中杜鹃的啼叫，已成为遥远的乡音
中间隔着乡民们起起伏伏的命运

我已人到中年。今夜在异乡的山谷中
斜月如钩，夜风似水
杜鹃的叫声哀婉、悲切，就像风尘仆仆的游子
一直在夜间赶路，经过茫茫人海
在与亲人重逢时发出令人心碎的哽咽

## 傍晚的彩虹

我刚从泥泞中拐弯，抬头就看到西天的彩虹——
那是梦境在向上弯曲，从七彩的拱门中
顶高了天空。那是阳光和雨水的拥抱
从臂弯里拉曲了银河的弧度
行人在回家，倦鸟在归巢
我的人生匆匆忙忙，生活偶尔以温馨的馈赠
抚慰我的辛苦。正如这傍晚绚丽的彩虹
让大地变得松弛，让时间延伸着长度
　座座楼宇隔街相望，阳台上刚刚成婚的女子
还在回味着婚礼上那抹胭脂的羞红

## 我已顺从于时间

十岁时，我幻想十八岁的样子：
鲜衣怒马，金榜题名
整个天下都是我的前程
而我十八岁时，正孤独地躲在教室的角落里
窗外，青春的天空有着坍塌的危险

二十岁时，我幻想着三十岁的样子：
青袍似春草，风华正青年
岁月春风得意，宛若星辰带电的飞行
而我三十岁时，每天双手空空地回到家里
灯光照着孤影，长夜抚慰着无眠

三十岁时，我幻想着四十岁的样子：
于大江中流击水，于山顶尽览风云
晨昏里闲庭信步，谈笑间云舒云卷
而我四十岁时，正为五斗米疲于奔命
泥沙落进额前的沟壑，秋风吹凉鬓边的霜雪

我已人至中年，偏西的日头
慢慢滑向黄昏的地平线
成败自有常理，生死已是天命
我不再幻想未知的命运，只是顺从于时间
唯有诗，是我血液中的那勺盐
唯有大地，终将会原谅我庸庸碌碌的生命

## 人间鹑衣百结



裁缝缝合衣服上的破洞
鞋匠矫正鞋帮处的豁口
时间，则慢慢地修复心灵的伤痛

夜里我在一张白纸上修修补补：
人心早已千疮百孔
灵魂的小屋早已四处漏风

天明后我走上大街，行人那么多
就像密密麻麻的针脚
光阴正无声地拉着细线

人间鹑衣百结，恰如命运的那块补丁

## 作为一个诗人——向 W.H. 奥登致敬

我愿意站在字里行间的被审席上
接受良心的询问

我愿意熬尽血液中的最后一粒盐
只为尝到人生的一丝咸味

我愿意在冰雪中抱薪生火
只为温暖穷人们在寒风中哆嗦的灵魂

我愿意向真理低头，向善与美
献上字典中全部的花朵与星辉

我写诗二十二年了，却一直辜负着汉语的馈赠
辜负着岁月给予我的深情的抚慰
而我作为诗人，我愿意忍受永恒的孤独
忍受人世漫长的嘲讽与误会



## 年关

父亲很早就起床了。霜落了一地
风提着逡巡的刀子
他埋锅烧水，釜底的木柴
在烈焰中噼噼啪啪地爆出火星
母亲满面虔诚，在院子边点着香烛祭祀
我和八岁的哥哥充当下手，快活地跑来跑去
这是一年中盼望已久的时刻
新鲜的肥肉将会抚慰我们饥馑的胃
屠夫提着刀来了，明晃晃的刃
比白霜还要清冷。两个帮忙的壮汉也来了

挽着袖子，就要去圈里抓猪
这时群山后太阳初升，汹涌的霞光
宛若人世浩大的悲悯
而那头待宰的黑猪一直探着头，伸着身子
前爪搭在猪圈的门栏上，静静地望着这一切

（选自《诗歌月刊》2020 年第 10 期）

# 羡慕它能将羞耻藏在羽毛里

/ 衣米一

## 鸟

我羡慕它不需要路
而处处有路
羡慕它能将羞耻藏在羽毛里
而羽毛长在身体上
我羡慕它是坚定的，因此不再有背叛
它的坚定轻盈和活泼
衔着它的住所、粮食和方向

## 塞尚的苹果

塞尚的苹果
幸存在桌子上，幸存在颜色里
幸存于这一刻
看着它的眼睛

生育后的苹果树死了

别的苹果也死了
留下它们，替所有消逝的苹果
呼吸，滚动

## 绝技

做久了人类
我暗暗羡慕起其他一些物种
它们非凡的能力

比如蜘蛛
可以吐丝
可以长久地挂在天花板上

我找了一间暗室
偷偷练起蜘蛛的动作
为了学会爬墙走壁
我用去一堆白花花的时光



一天，暗室进来一个窃贼
他东张西望
以为这是一间空房子

我决定不放过
这个检验自己功夫的机会
我将四肢展开
紧贴在天花板上
并故意弄出若有若无的响声

他一抬头
马上吓得魂飞魄散
我迅速下落
飞到地面时
他气断命绝

这个结局
让我悲伤
身怀绝技的我
显然不再适合混迹人群

## 两只蛞蝓

两只蛞蝓相互缠绕
倒挂在栅栏上
一只从体内伸出白嫩的生殖器
另一只也伸出自己的

它们合二为一
欢娱着
像两个越抱越紧的人
不说爱，也不说对末日的恐惧



## 秘境

你对我多次提到木麻黄
你说记忆中的海边
长了大片叫
木麻黄的树
你一边说一边用手比画
那树的高矮
那树林的大小
那海边的寂静
你说，星空下
只站着木麻黄，和站着你
我看到星光
在你的眼睛里闪烁
一次，我们在海边走

你指着一棵像松树的树
说，这是木麻黄
又说，没有被砍伐的树
就是命大的树
我止步，辨认
想象着一大片树
如何变成一排树
一排树如何变成一棵树
一棵树如何
等待那个砍伐它的人

## 一块鱼从 A 地前往 B 地

一块鱼离开一条鱼从冰柜里出来
裹上一个保鲜袋
外面又套上一个保鲜袋
一块鱼进了旅行包
然后上了和谐号列车
一块鱼从 A 地前往 B 地
从 A 地到 B 地需要两小时
一块鱼离开一条鱼它去旅行
在旅行中它渗出血水，变软
开始苏醒。隔着袋子
我触碰到它从里往外冒出的冷气
冰凉，无言，凝结成泪珠
一块鱼彻底苏醒了
该怎么办。它不完整
挨过刀子，又被困于
方寸之间。它既不能游动又没有海

## 摸

摸物质。墙。土。树皮和树叶
那一天的光阴。摸人。摸你
我想这样做，摸进你的肉
再继续，摸进你的骨。再继续
逼你来摸我。你吸气，呼气，被我看见
我就摸你的气，像摸没有
你被我看见了你的气，你肯定不是假的
我肯定不会后悔。

站着摸，坐着摸，躺着摸，跪着摸
明里暗里，你懂的
隔壁的猫今年生了三胎，她总是叼着最小的一只
飞檐走壁。她不断摸小猫
不断被小猫摸，这是她的生活
我无法模仿，我已经叼不动我的孩子。

水流不止。江里的，河里的
心里的，眼里的。其实我摸不了这么多
也可能，我摸你，你摸橘子
橘子什么都不摸
什么样的手伸向什么样的人
什么样的人伸向什么样的物
我摸答案。我摸到索雷斯库的句子
“天哪，我的灵魂
发出一些奇怪的声响。”

## 如此疲惫，如此亲密

从洗衣机拿出洗好的衣服

你的裤腿
紧缠着我的衣袖
我试图将它们抖开
分成裤子是裤子，衬衣是衬衣
分成你就是你，我就是我
然而，越抖它们缠得越紧
似乎要变成一个死结
生活中，我也常有
挣脱所有羁绊的念头
去过一种完全属于自己的日子
然而，每一次出门
每一次离家越远
离家时间越久
就越记得清楚回家的时间
我从没有告诉过你
这些感受，包括今天你的湿裤腿
与我的湿衣袖缠绕着
如此疲惫，如此亲密
仿佛它们就是我们
依照惯力，在生活狭小的空间里打转
如你我最亲密时
那种场景、姿势
和要抱成死结的渴求

（选自“李点儿”公众号 2021 年 1 月 26 日）

# 春色惹人愁

/ 张常美

## 树

从来没觉得树的方向是天空
长出新枝只是为了摸到远处的阳光
告诉埋在地下的自己
是为了让根须走得再远一些
再远一点，就碰到了另一棵树
挽在一起就不走了。挽在一起
哪一棵先发生了意外
另一棵也能替它落着悲伤的黄叶

## 常常有这样的时刻

幼年的自己、暮年的自己
和现在的我共处一室
像一家三代，彼此爱着
又那么陌生
有嫉妒也有嫌弃，有慰藉也有痛恨
但都能彼此原谅和遗忘了
在太阳升起的时候
一个会喊醒另一个
一个把椅子弄倒了
另一个会扶起来

一个做好了简陋的饭菜，等着另一个坐过来
灰茫茫的光打在他们的脸上
黑发，白发。多么温暖的画面
他们共用的一日已经没有新鲜的命运经过
他们共用的一生没有秘密可以分享

## 无情似流水

当你突然问起我
故乡，那座塌掉的拱桥
究竟几个孔的时候
我又一次深潜进自己粼粼的童年中
默默数了一遍
我不比流水，它们路过那么多地方
从来不需要回头
而我们想要记住的太多
拖着沉重的肉身
我不能四处漂泊
我不比那石桥，它从来没有挪动半步
却坚持凌空而飞的样子。流水之上
它等着，送走了所有长大的孩子
它知道一旦离开就永不回来的不止流水



## 岁月会忘掉所有的人

没有人死于战火，没有人死于舟车
没有自杀者，没有被仇杀的人
从来没有疾病、衰老、意外……

——所有人不过是死于遗忘

战争死掉的人是被和平遗忘

舟车死掉的人是被目的地遗忘
自杀者和杀人者都已忘掉了活着的好

有一个大概活了很久的人
已被出生地遗忘，他在自己生活过的所有朝代间流浪
每天说着胡话，提及的死人已没有谁记得

## 鸟纲

从混杂的叫声里，我分辨出了
这一种鸟和那一种鸟
从巢穴外的千山万水
我也认出了这里和那里
——翅膀也有种族和边疆
这一只和那一只，有时候是邻居
有时候是天敌
阴雨中的鸟不能飞进烈日下
危崖上蹲踞着的，不能独立于水面
你不能和我说话
所有的鸣叫都是孤鸣
天空吹来的风，数着鹰隼的羽毛
也数着鸵鸟寥寥的羽毛
看上去，只有孤独是它们共有的

## 春色惹人愁

春风中，农人弯下腰
拾拣寒冬孵出的石头
大地深处，一条巨大的山脉
隆起它泛青的脊背

草色遥看近却无……

泥泞的舌头上，一个孩子跑着

想要追上汹涌的草色
还是害怕被汹涌的草木追上
他还小，不知道慢下来
不知道穿过那道田埂需要用掉一生的光阴

## 注定，这一生我是个好人

站在黑暗中，望着远处屋子里明亮的灯光
那是我的家，灯下围坐着我的亲人
在冬天的冷风中，刚干完一天的活计
我拖着一身疲惫走向那扇窗户
突然想起电影中的一幕
一个穿着长皮衣的男人。一个通缉犯，一个坏人
他也曾这样，隔着窗户
望了望自己的妻子、女儿
他转身消失在茫茫黑夜尽头之前
是整个悲剧让我感觉到最温暖的一幕



## 我的名字

一个男人怎么用着一个女人的名字
或许也是一个从来没有人用过的名字
这样一想，我更觉得自己孤独
如果哪一天连我也放弃了
这两个字将蒙着厚厚的尘土
或者干脆一点一点腐朽
如果它们不曾靠得那么近
我就不会被人找到，然后喊出来
这两个字也就不会遭受那么多屈辱和不堪
两个无辜的字——

一个是“常”，一个是“美”
它们本身就是爱和永恒，不需要其他任何字修饰

## 担心

天空中又少了一些亮闪闪的硬币
我想已经有人捷足先登了

森林里又少了几棵大树
肯定还有人在暗处偷偷建造梯子

## 不忍

在火车的轰鸣声中，我有没有睡去过
会不会误了很多站台和人群
为什么我总是惶惶不安，越来越感觉孤苦无依
如果有亲人，应该还独自等在那里
很多年了。那荒废的站台
原谅我。我已不忍两手空空
和你们重逢。我怕我们
衰老的身体再经不起一次永远的离别

（选自《追光者诗刊》微信公众号 2020 年 7 月 7 日）

田华

《快步迎新》

纸本水墨

45cm × 68cm

2021 年

# 《晴朗李寒诗选》诗选

/ 晴朗李寒

## 春风里的西西弗斯

我看到一个
在春天搬动石头的人。也许相反，
是一个人被石头搬动。



时光的铁锤敲打弯了
他的腰身，他是一枚不断被
命运拔出又楔入生活的钉子。

锈蚀过重，淹没了他的面孔。
这个汉子，一个人在角落里哭过，
他不恐惧未来，而是愧疚于自己的无能。

我不能走过去，我不能说服他放下石头，
甚至不能给他安慰。西西弗斯？
和他又有什么关系！

如今，他在和一块石头较劲。
也许，是石头搂住他不放。
他们像是被焊接在一起，在春风里移动。

## 月光

月光，亮得好无道理。
让我缄口不言，交出全部的词根。
老了老了，为什么对美的事物
越来越害怕？

它在人世的上空，洒落清寒的白银。
撒下忧伤的种子。
它的光，投射到沉寂荒芜的大地上，
照彻我们磷磷的白骨。

一千年，一万年，一亿年……
我把它的光，它的美，
储存进词语，放入这首诗中，
像守财奴
清点着一枚枚银币
小心地放进坛子，埋入深深的地下。
多少年后，偶然打开这首诗的人，
你的面庞，依然会
被它干净的光辉所照耀。

一想到，没有了人类，它
还会这样亮下去——
我麻木的心，
依旧会战栗一下。

## 人如草木

没多少人知道，它叫兰屿肉桂，
我们习惯叫它“平安树”。

没多少人知道，它叫马拉巴栗，
我们习惯叫它“发财树”。

人们称之为“一帆风顺”的，
其实，它的原名叫——白鹤芋。

人们称之为“金钱树”的，
其实，它的原名叫——雪铁芋。

这些平常的植物，有的来自美洲，
有的产于非洲，
而一旦扎根于中国，
便被赋予了各种吉利的
名字，寄托了美好的含义。



人生一世，草木一秋。
有一株长在河间乡下的植物，
本来叫李树东，
二十年后，被移栽到了城市，
生息于一堆文字之中，
如今，他已习惯了别人叫自己
——晴朗李寒。

## 回沧州

我身未老，沧州距我只两个小时的行程。
但雾气阻塞归途，
延缓了我急切的还乡之梦。
车窗外，氤氲了水汽，有无边落木萧萧。

双鬓未斑，而多少故人早已星散，

那街道上匆匆的少年，
也无暇笑问我来自何处。
即便问答，我多年前已经改变了乡音。

弹指间三千年飞逝，关雎犹在耳，诗经村可否记得毛公？
纪昀祖地，在高速路旁一闪，便随大清王朝远去。
那旧城铁狮，四足劈裂，下巴失却，可还能一吼令沧海退潮？
千童东渡，老子觉道，而我最向往小山的海拔三十四米。

今夜，浮阳故地，京杭运河无水，不闻桨声，
荷花池内枯叶临风，广场上有老人擂鼓扭秧歌，弄枪使棒，
日报招待所拆除，华北商厦内斯人远嫁，
最欣慰，有三五知己，把酒挥毫，枕席谈诗。

## 济南道中



青银高速上，车辆渐少，
才过高唐，天就黑了，
黑得那么快，
让车中的我，
没有一点心理准备。

那些原野上的人
该怎么办呢？
那些浇地的人、耕作的人，
那些放牧羊群的人，
能否来得及回到家中？

我知道，来不及的
只有那些绿色阡陌间的坟墓，
（哦，那些墓中的先人）
它们像平原的皮肤上

隆起的
一粒粒忧伤的疮疤，
永远被遗弃在黑夜。

树林幽暗，河水在其间流动，
星光照临，
与原野之上隐现的
每一点灯光对应。

我是一个星夜的赶路者，
凝望窗外的风景。
车厢昏暗，车速平稳，
座中谁是归人，谁是过客，
谁没有一颗起伏之心？



一钩银月下，黄河安详，
却只容我匆匆一瞥。
看前面
济南一城的灯火
如夏日萤火，扑面而来。

## 不速客

一个说真话的人
是可怕的
一个中途闯入的人
永远不受欢迎
他的到来
引起众人的警惕
他的出现
让周围的空气
刹那凝固

如同谁按下了“静止”的按钮
轰轰烈烈的谈话
突然停止了
一束束怀疑的目光像闪电
向他斜刺而去

这个人来到了我们中间
他，我行我素
不抽烟
不喝酒
那么干净、透明
在光线下甚至没有影子

他不会说恭维话
对女人殷勤的眼神
毫不在意
这让她们也面露愠色

他像一块从内部燃烧的炭
身边的人
渐渐感到了炽烈的温度
和无法忍受的灼痛

我们决定干掉他
我们有了充分的理由
我们会用很自然的方法
让他从我们的面前
不知不觉地消失

## 你能把时间怎样

你能把时间怎样？

一扇门通向虚无。
一面窗子隔绝尘世。
看光影流动，明暗转换，
一天，一年，
恰似水滴滑出指缝。

你能把时间怎样？

有的种花，有的养刺，有的酿蜜。
一些人，一些事，
如飞鸟掠过水面，
瞬间远去了，
浅淡的阴影搅不起一丝涟漪。



你能把时间怎样？

谎言像白蚁般繁殖。
肉体悬浮，灵魂出窍。
众声喧哗中谁独自失语？

你能把时间怎样？

一面镜子
有多少无法隐瞒的秘密？
在黑夜尖叫一声，
骤然破碎。

你能把时间怎样？

平地陡现深渊。
火焰在永冻层下沉睡。

微笑的面具后
露出镰刀的牙齿。

你能把时间怎样？

邮箱塞满空气，红唇覆盖灰尘。
爱情的短信死在途中。
一记闪电
击中旧日的伤口。

你能把时间怎样？

（选自《晴朗李寒诗选》，长江文艺出版社 2020 年 11 月版）

# 《此间》诗选

/ 希贤

## 窗前

窗前母菊淌着蓝色的血
落向日晷、海浪
和寂静。在具象下维持纯粹
交付光明的慢速乐章随之复活、分散
被时间照亮

给你了，他说
爱情是悲伤的巨婴
诗歌仍在地平线上保有尊严

让手握星星的孩子
独自穿过天井
也穿过无雪的冬夜

## 从风暴中走出

他从风暴中走出
陈旧而笨拙的土地和偶然之外的
寂静覆盖了古老城邦的光线
覆盖了他皱缩的身体
他闻到空气中新雪的味道

想象自己睡在阳光里
睡在直接而真实的秩序中

## 时间

铃兰花开，然后是奔跑的孩子
过不了多久，花就会败去
而孩子在生长
这使我相信
一粒微尘
都有他的时间

## 湖

这空旷无人的湖
扎根于乱石、山毛榉树
和某种不知名的花朵
就像现在这般——
冬风穿过积雪草
落在平静湖面如旧伤被治愈

## 在山巅

在山巅
鹰的利爪，拢紧所有的光束
波长刺入海沟咽喉
裸露琥珀颜色
生殖的力量在无声中分娩
正义之翎于诸神头顶醒来

一种巨大的力向上牵引
静谧中，目睹光的永生

冷峻的夜
安然之物孕育
我看见天际浮动的水
它即将到来——

## 中年

莹澈、寂静的犁沟
像喝过杜松子酒后稠密秀发下的脸
我想起大雪天也执意去见的人
和冷峻而抽象的石上之石

奔赴中年的一代
心尖上有阔大的蹄铁
我们，和我们的父辈有着
遥远的相似性
如大地深处雕凿的巨石阵
有序却不重复

整个凛冬的雪
和冻土下仁慈的草木
给我火山、铁与希望



## 为鸽群而作

在北爱尔兰
我见过一种深处的光线
穿透腐朽枝干
瞬间照彻天空的云团

与所有生灵一样，漫飞的鸽群

被光线一劈为二
寒风中交出铅灰色羽毛
交出迟到的情话
和一束青草

颤抖不已
它嘴里有词语奔突，时而缓慢
谦卑，像一位交出雄辩的祭司

## 孤独的雨

一场雨使夜晚变得洁净

因为雨
我们谈论孤独
空旷内心深处那些
贫穷的、茂盛的
此起彼伏的生活真相
如浊浪打破坚硬且繁复的白昼

我确信抱住了它
我看见自己在堕入平凡

这唯一的真实

## 河

一条河在旷野中站立

我们是风的造物
风是永被囚禁的狮子

越来越远
越来越远
身后两道车辙
它多么寂静
像刚来，或刚走

## 谁在那儿歌唱

爬出废墟的吉卜赛小伙儿
孤独走入乌泱泱的人群

失效的车票和时刻表被白日冲刷
湮没、命运式地联结

……秩序之外的生活
在围墙另一端兀然屹立



一只鸟儿打量自身模糊的倒影
飞回来落在我们肩上

## 诗人

一切都已阐明
一切都已结束

仿佛大地只出产诗人
而非牛、马、驼鹿等重型物种

笑，像神秘的隐喻
一个从未见过的自己

发光的锁。

（选自希贤诗集《此间》，长江文艺出版社 2021 年 2 月版）

# 《色彩游戏》诗选

/ 蒙晦

## 从前在深渊里偶尔闪耀

向着桌上的旧照片归还
一秒又一秒秒针眨眼的快门声

每一声关闭一个房间
把打开，还给努力挺直脊背的中年

人间的田野还给闭眼的窗户
而不是那张阴沉张望的脸

把名字还给孩子，让他们如愿长大
把相似的长相还给一代又一代的死者

让他们转告树木那夏天的到来
让树木，从死者的记忆中升起蘑菇云

去慢慢炸毁这绿色的悲凉
那不可听见的寂静

终将哭声还给了少年孤独的歌声。

## 打开大门就是大雪

站在被时间过滤的空间里
大风大雪，木门紧闭

敲，十二年前静默的门
是我——幽暗的门缝裂开

雪的反光从此涌入，再次照亮了
木桌木椅，木床木箱

而外祖母的皱纹已长成一棵树
一圈又一圈的年轮



在扩散，追赶着不断离散的
回响着谁在那时喊我的

回声，打开大门就是大雪：
一条回家的路。

## 来自野外

少年时，我常常走向野外
为奇异的植物着迷
颜色、形状和意义，生命
自有我无法洞悉的喜悦和悲哀。

如今沿着回忆之路
返回当初流连的所在
就像深入内心的迷城
而无法归返。

天色渐暗，荒野无人，我看见
有一双焦灼的眼睛在那里逡巡；
细细回想，正是那天迷途的少年之我
十几年后仍在原地等待着什么。

他无声凝视，仿佛认出了我
然后放声悲泣，这就是为什么
当我成年后陷入深深的迷失
会独自饮泣的缘由。

## 无门

我们有无数的门：
走进旅馆门、菜市门、家门寺门城门，
走出，木门石门铁门、玻璃门。

它们，把一片平静的荒野分成不同的区域，
告诉门外应该如何进入这门。
世界，就这样建立起来。

人们在门后活着，千百年在门外过去了。
遗址上的大门已经倒塌，那没有倒掉的
是围住我们的墙壁

以及它挖空心思造门的野心和根基。

## 奥德修斯

眼前的世界已拥有成熟的语法
修辞感到了必要的羞耻；
当形式那最强大的美学

退让于对内容的肤浅理解
散文，已经勾引了人类。
因为年轻人像老朽一样无视隐喻
却对佩涅洛佩的绯闻保有热心，
当上百个求婚者显然都相信
同一个谣言：奥德修斯的死
已成为语言的真实——
成为世界现在的样子，成为是其所是：
那些平铺直叙的街道和商店
没有面孔的背影，也没有幻觉和回忆
而在词语之内，我们已经开始流亡
谁读出，谁就永不归来。

## 在哪里



失忆但永不失去，在哪里
永远就在那里
脑中的空白是我对你回忆的胎记

感谢你在那里，不论在哪里
都在，都在从人群中找出我
感谢你的吻，照亮一直是昨夜的那天

哭声往咽喉里回流的那天，你已
不在那里，就只剩一阵离场的雨
下着你修剪的眉毛

下着这词语，借此存在至今

## 松树

我接受来自四面的风，从你们

所称的街道与公园之间
吹来，从被称为时间的钟面
而我并不认为存在深渊。
我接受墨绿色，在你们所区分的色谱中
构成这城市的规划、政治或者美学
我那没有眼睛的生活
既看不见色彩，也无所谓黑暗。
我接受沉默，那不可说出不可听见的
独自置身于你们所说的命运里
然后是风暴。

## 沉寂者

沉寂是沉寂者双手蒙着脸
但是脸，脱落
在手中让自己看：

皱纹烙进掌心的那刻
歧路迭出
而灵魂握紧风暴

一阵野歌手的大笑
叫暴雨的街区无人知道雏菊
无人伸出失去的脸

无人在看：雨后
水洼胀满的天空：洗净的
瓷器：一只婴儿的

手，在沉寂者脑中突然拧开煤气

## 生活研究

天花的顶灯在吃我，这星光。
墙上的窗子展览我，这天空。
没有形象，只有一直站在角落的衣架
假装是我。
没有春天，只有一台空调在运转。
没有道路，只有一扇门在墙上把嘴张开
在笑却不出声。
没有手掌，只有门把手像一只银色的手术刀
在继续变得冷漠。
只有干燥的柜子，像标本展示它的内脏。
只有枕头和被子，白得像一场假雪。
只有衣钩，一条死去的章鱼。
只有背包，一个用旧的理想。
只有，旅馆的清洁工推着小车走过过道。



## 美学评论

各级天使浮在合唱队上空
其中一个表情神秘
说：我们的存在正是上帝的迹象。

此刻基督徒举起蜡烛，照亮
旧时代的眼泪，其中一个
言辞恳切：我们活着正是天使的迹象。

而古典风格的画家，技巧堪称完美
准确再现了那时的图景
在其作品里，几乎救活虔诚的多数；

尽管人物脸色苍白，但每一件
现代复制品仍像原作一般真实生动
被某人付钱买走。

在这无主城市的某间房，可以说
那里有门也有窗
墙上有钉孔，正是悬挂它的迹象

它的迹象在进一步表明，时代滚滚
不留痕迹，但如今这空无的公寓里
也确曾活过那么一个人。

（选自蒙晦诗集《色彩游戏》，长江文艺出版社 2021 年 3 月版）

# 《无声喧哗》诗选

/ 骆家

## 寒流，一把铁钳

寒流，一把铁钳收缩血管
屁股夹紧，如野狗落荒于冬天的田埂
供暖的北方，野钓者召集河流
在众人的眼里迷惘消失的方式各不同
描绘杨林的芋头、分水的鱼参丸
哭同窗英年溺亡。医院无效
抑郁症患者的出路或囚于子夜，或自戕
老屋倒掉，礼尚未崩塌
即便重建也无法让集体回忆复活
日子只收现金（当然，微信支付宝更流行）
乘坐高铁 1034 车次的游子请检票进站
汉川站、汉口站、武汉站在冷凝的雾气里蛇行
离开时，忍不住带上两把红菜薹
鳝鱼面记赊账。城里人一直巴望老家的干豆丝
大哥让邻居店凌晨新做再晾干后送来一袋
女士们先生们，失乐园和赤壁北到了

## 花瓶学

天空暗下来，一个泄气的皮球
这是一个不可能的讽喻

柿子挂在树上，最后
星月隐隐发亮，许多猕猴的眼
田野辽阔、荒凉，仿佛异界

起初枯黄的草垛摆在最显眼的位置
很快让位给金灿灿的柚子
而柚子敌不过更高的银杏树
此时此刻，狂欢的代价被黄昏反复提醒
喷香的枇杷花厮守已收割的稻田

古琴余韵悠长，似白鹭滑过脸颊
两排麻雀应聘模特一样站满电线
先熟的先走。夜，落地无声
它目睹的败局如寄走的那些甜橘
无法在城里生根
拒绝一只花瓶空余的叹息



## 这座城

一切都是过去，包括忧伤、希望
这座城，充满冒险，渴望成功
这座城每天被广告、快递刷屏
饿了吗？美团外卖！
滴滴快车、专车；摩拜单车，ofo 共享

这座城，少年不知愁滋味
再等等，死亡
不要接走苦难喂养大的孩子

一个巨大的胃，装得下摩天大楼
城的综合体

在车流、人流密林里
迷失城的肉身

## 乡愁，是又不是

——为老友明宽而作

乡愁，是又不是
我，一个仍无法丢弃肉身的行者
半辈子都只能尝试跟自己相处
而你也是无处不在的他者
讨厌鸡毛蒜皮之轻
却总想起柳絮纷飞的往日池塘
乡愁、孤独、念旧、一只漂泊的热带蚂蚁
那都是你我。但终究还是会化为尘土
你现在是你的局外人，如此肯定
上弦月照常兀自升起
远处山脊，揣测鱼线般一抹清辉
尘土将变成我的、所有他者的护身符
我是，又不是
我的尘土，你的乡愁



## 净否

真正的冥想者，一定有自由
当然午歇的梦想也不例外，还有
你不能让斜阳这样徒然地照在幕墙上
那些半开的窗幸运
与一些暖色的影子一并笑纳
禅悟禅，道释道，无声进入无声

我只是元气大伤，肉身不净
急需沉香搭救。置身五浊之穴

没有人可以抱住安慰获得感不放
那之后每个人都再添虚妄
警笛响不停，我相信净
不能让白天许多不可能就这样燃尽

观无量寿佛，悟苦、空、无常、无我
“我本山中人，误为世网牵”
净土犹可在香山居士“游悟真寺”中寻
还记得王摩诘《过香积寺》末一句
“薄暮空潭曲，安禅制毒龙”
直至无禅可参、无问可问，净否

## 立春

人们今天都走在立春的路上
无一例外。这体现了“和”的词根
如果猛犸象也活着
相信世间会尤其美好
而我只能试着遗忘疼痛
夜贴着墙根，昨天逃之夭夭
腊月十八不能触摸
我时常需要岁月的搀扶

是的，我们都走在消亡的路上
总有人走在前头
他们不刻意等待我们
灵魂一直追赶
这条路，是天堂之路
亘古恒新，季节会补偿失去的一切
譬如克隆四万年前的猛犸象
只为复活一个古老秘密

## 在污浊的时间里

在污浊的时间里，水不证明清白
一月阳光却照不进正南的租屋
风信子花开若焰
仙人掌仍保持精准的距离
再看一眼墨兰半遮半掩的花茎
——也许开花只是一种美丽的误解
安静不如说冷矜持
就这样每天死一点点，那些皮屑
再自筹希望，借助一把彩色药丸
酸涩眸随西沉的暖色忽闪
雏苗长大，转眼第二个本命年赶来
咯吱作响的骨头说
沟壑难平，霾时刻敲门
在污浊的时间里，水不证明清白



## 大寒

那个守着早点铺的男人
有一双干净的手，眼睛看着
别处，这让我有点心疼

人行横道上，无数身手
机警敏捷似狡兔
不晴朗的天空，与之对称

长长的车流蠕动
而我必须偶尔停下脚步
等待什么

## 新年学

再回到海边，遭遇陌生的蛤微笑
沙风撩岸。礁石牢固而非脚下水面

洞背在，马峦山在，阿弥陀佛在
大岭古茶花盛开，山牡丹收获果实

柚柑湾爱情般神秘，山崖相思树
系着红绸。绕岛的船只滑出视线

你只能想象所剩无几的风景
想象最终剩下的样子，生死之谜

半天云村藏在半山腰，落日急沉
咖啡香的午后，荒芜的海等待涅槃

一个许愿咬着一个岁尾，浊浪
翻滚，周身洗净的年头接踵而至

拄着黑夜拐杖，你能走得更远
我哭过的人，已去了天堂

## 选择题考

安检，致命的分类学
扫描仪机械的光束不在暗房
选择题解不开，长久以来
终于喝到了第一口水
安静的光幕在杯沿的对角线闪烁
这是一种充分的暗示

飞行被证明是正确的阅读打开方式
小心烫！牛肉米饭和鸡肉面条
气压暂时取得了领先
规矩不会忍受饥饿或者无政府
修长的眼睫毛停止忽闪，小嘴开合
经验主义的口水控制很好
冷箭已射中裹住海绵的天空
所有咬合的牙缝里
未来的肉汁鲜美
以前铜片习惯去捅钥匙孔
而现在只需数字手指

## 鸟斗场

在四把木长椅和草垫之间，飞过来
一只鸟，又飞来一只鸟
先后三只鸟都抵达现场。其中两只
甫一见面就打架，且异常凶猛

在那排小叶榕树和长椅之间
草地上的第三只鸟顾自埋头觅食
鸟斗场里的两位打得不可开交
荷尔蒙不为肥美的虫，只决高低

女神鸟享受着它的美餐
偶尔抬起头，看一冷眼打架现场
它不担心自己的猎艳失败
只是不希望战斗过早地结束

这个下午没有一丝风
大地也一动不动，唯恐惊飞一场好梦

## 秘密考

我是一个没有生日的人，到今天
它还不见谜底。在那饥荒的年代
有饭团子吃更重要，谁会在意
或记不记得家里“小三儿”的生日

我是姆妈生的，肯定没错
姆妈说，她从开满棉花的地里回家生我
过了半夜才生下了我。而她最惦记的
是因为生我耽误了三十个工分（一个工值七分钱）

我的大婶娘给我接的生，她为刘家三兄弟
和村里的很多孩子接生，跟摘菜地架子上的葫芦
一样轻松。孩子太多。她自己就生了六个
二伯家七个，我们家五个已算最少

接完生，有人用地上的土疙瘩随手记下了日子
就写在老屋东厢房里唯一的衣柜门背面
我看过那扇柜门：大哥大姐的生日是墨笔写的
黑字；轮到我，改用了泥土记录那个日子

不知道什么时候，那个日子越来越模糊
越来越不清楚。小时候我问过我奶奶
我是几月生的。她笑着说“热月”。那扇柜门记得吧
去年姆妈也走了。有我的秘密一直陪着

（选自骆家诗集《无声喧哗》，长江文艺出版社 2020 年 10 月版）

田华
《阳台春色》
纸本水墨
45cm × 68cm
2020 年

# 域外

# 致奥耳弗斯的十四行诗（上卷）

## ——谨以此诗为墓碑，献给维拉·额卡玛·克若普

/ 里尔克　著
/ 杨典　译



1

这里曾有一棵树。哦，纯粹的超脱！
哦，奥耳弗斯的歌唱！哦，听得见的树！
全部的宁静。新的开始、征兆与变迁
都在这棵树上——一一出现。

动物们从沉默与光亮中
向外打开巢穴，打开鸟窝。
它们狡猾地，却毫无畏惧地
在一旁静静走动。

即将听得见的怒吼、哭喊，与咆哮
都弱于它们的心声。
哪里需要境界，茅屋就在哪里出现，

在一个有阴暗记忆的洞口隐居
洞口前的柱子，也像树一样颤抖
在那儿，你用声音为它们将神庙建筑。

2

她几乎是个少女，迅速地

随着竖琴与吟唱的和谐欢乐地显灵。
光，透过她阴阳相间的青春
我听见她在虚构自己的床，虚构睡眠。

对我来说：一切都是她的睡眠
我热爱过的树林，和这种
能触摸的距离，我体验过的田野
和每一个降临的奇迹。

一切皆睡眠。哦，歌神
你怎样使她完美，她并不愿意
第一个苏醒？她站起来，又睡下去

她在哪儿消失？你曾丧失的歌
是否还能找到主题？她陷入的深渊是什么？
是我还是某个地方？……几乎是个少女……



3

唯有神能做到。一个人也应去仿效
如去触到他，通过竖琴与信仰
他的精神分裂为两种思想，
交叉之处，并没有阿波罗神庙

歌唱，同时分析，不是为热情
不是在完成时做最后努力
歌唱是生命。淡定得像神一样
我们可存在？何时他能让

恒星与陆地屈服于我们？青年们
他不是那些你所爱的；尽管
这声音从你口中绽开，你应该感到

那些轻率的歌应被忘记。总会消失
他是用另一种迹象唱出的真理。
一种虚无的迹象。一个神在吹气。一阵风。

4

哦你们是脆弱的人，有时
会误入某个氛围，
让它划开你反叛的面孔，
使你颤抖，又重新合上。

哦你们是神圣的，你们也是
完整唯一的，像初生的心
像弯弓上的箭，射向靶心的标
通过微笑之光而达到无穷的

泪珠。不必害怕受苦
让你的苦都负在地球上，增加它的重。
重的是山岳，重的是海洋

那些你种过的植物，哦，那些树
很久以后还会重于你的负担。
这宇宙……这狂暴的太空……

5

耸立的不必是墓碑，而是每年
在上面开放的对他的纪念。
因为他是奥耳弗斯。他已变为
一切。我们不必占有

其他忧虑的名字。一次或无数次
既然这是奥耳弗斯的歌。他出现又消逝。
是否他随便的几天
都比一盆玫瑰更长久？

他不得不消失。这样你将懂得：
甚至他自己也害怕死亡。
为了当他的歌词胜过实体时

他无法挽留地独自处在远方。
竖琴的光栅也不能约束他的手。
他是屈服的，哪怕在他最叛逆的时候。

6

他是否属于这里？不，他丰腴的
天性来自阴阳两个世界。
谁懂得根的存在，谁就能
更熟练地掌握杨柳的生长与弯曲。

你绝不会离开桌上的牛奶和食物
走向睡眠；那麻醉般的诱惑。
而谁祈求鬼魂让他苏醒，
在他眼光的顺从之下

觉察到它们的精灵与一切事物；
也许延胡索与芸香来自道德与悔恨
为了真实存在的贞洁物。

没有什么能损坏它的象征；
它存在于房屋，它存在于阴间
就让它去歌颂手镯、水罐和戒指罢。

7

赞美，那就是他！一种注定了的歌颂，
他盛开于与矿石一样寂静的石头。
他的心，哦，似一台腐破的压榨器
为孤独者榨出无穷的葡萄酒。

灰尘不能阻塞和暗淡他的声音
摘取他神圣的要求。
整个旋转的葡萄园，来自一串串的葡萄，
而成熟，则来自他那南方人的敏感。

君主的墓地腐烂时
也不会责备他的赞美，更不会
说他是因为有神的庇护。

他是一个永恒的仆人，
深入遥远的死亡之门
他光荣的果实在黄金般的碗中。

8

唯有在赞美的土地上才有工作的
挽歌：守护泪泉的水泽仙女，
她注视着我们的坠落，
以及岩石下清澈的流逝，或者

站在隘口与祭坛上，和万物一体。
看，黎明在她平稳的肩背周围
镶出一圈情感：她完全出自这一圈镶边，
她来自青春与激情的姐妹们。

愉悦的经历，渴望式忏悔：
只有哀悼还在宁静地学习；她夜与夜之间
用高贵的手清点那些古老的恶魔。

忽然间，她陌生而歪曲地
握住了一颗由我们的声音构成的星座
可她又因无法呼吸而对天忧虑。

9

只有谁在阴间里
敢于奏起竖琴，
他才能用预感
奉献无穷的赞美。

只有谁陪伴过死者
并品尝过他们的罂粟，
那最软弱的声音
才不会被忘记。

池塘中的倒影，
模糊不清的我们：
逐渐成为肖像。

在阴阳交错的境遇
有些声音才会
永恒而高尚。

10

古代棺墓，你绝不会被

我的感情遗忘。我向你致敬，
某条欢快的泉水来自罗马
流向你，像首蜿蜒而永恒的歌。

你敞开，美好的
一双牧羊人般醒悟的眼睛：
——而墓地却充满沉默与死荨麻之花——
到处都是蝴蝶们迷醉的飞舞[1]；

谁能拿出全部的怀疑，
我致敬。重新开启的唇，
已经领悟到了沉默的律法。

而我们懂得。朋友，我们是否懂得？
这个人的两种面容与神态
是来自对时间和生与死的徘徊。



11

注视上空。这星座是否可呼唤为“骑手”？
骄傲地向着地球所承载的我们，
异乡的塑造者。一瞬间，
奔驰着，揣着马刺，指向目的。

这儿是否存在鞭笞与束缚
我们的身体，还有肌肉与骨骼？
直路或弯路。对已经到达的阐释。
还是新出现的远景。二者或许是一。

可是它们究竟怎样保持着两者的

[1] 第二节是写法国阿尔勒著名的阿里抗古墓，我亲眼看见有蝴蝶飞出，并在《布里格随笔》中提及此事。——作者注

一致性？正如从正当中
被完全劈开的圆桌或木盆。

甚至星球的结合也令人失望。
而我们宁愿去相信瞬间，
相信符号。象征，反而是充盈的。

12

向能统一我们的精神欢呼；
我们都生活在象征里。总是
沿着时钟一点一滴的进程
走进纯净的日子。

我们没有正确的地方可在，
即使我们的行为都是真实的交往。
姐妹座的触觉触到虚无，
和宇宙的空洞……

完美的压力，哦音乐之力！
是否能宽容，并绕开
阻碍我们的日常事物？

不管农民如何劳作与播种，
他也绝挖不到深土的根
而种子则转变为夏天，回赠大地。

13

丰腴的苹果、茶薦子和梨，
香蕉……它们所有的交谈
都在口中，生与死……我会从

它们孩子的脸上读到，

或品尝。它来自远方。逐渐地
将要存在于你们口中的无名事物？
那一度存在过词语的地方：
惊异而自由的果肉得到释放

敢于读出姓名的苹果，这块
蜜饯，最高度浓缩，就这样
慢慢地从品尝中创造，

成为醒悟、透明、光亮，
含糊、和煦、朴素，这就是——
哦，经验、感情，以及辽阔的——欢乐！



14

我们与花朵、葡萄叶与水果相处。
它们不单说四季的言语。
黑暗闪现出斑驳，
也许正嫉妒那片脚下的

虚构之光：死者再次赋予大地的
力量，我们怎样了解它们的构造？
经过长久而彻底润色的
肉体，它们的骨头与真诚的骨髓。

现在升起一个问题：是否这就是
欢乐的终结？这悲哀的奴隶的工作，
是否世界之果正压迫我们，它们的，君主？

它们是胜利者，在多根的墓中

安眠。而又是谁，借着它们丰厚的陪葬
长出繁杂无力的植物与无声的亲吻？

15

等待……充分感受……它迅速飞逝
如一段音乐、一种漂泊、一次吟哦：
女性——温暖的你、沉默的你，
体验着果实的舞蹈！

果实之舞，谁能忽略它，
它怎样封闭自己，尽量不
发出香甜！现在你拥有它：
使它改变，使它成为你。

果实之舞，这片温暖的土地
来自你的设计。连大自然的空气中
也有果实的反光！哦，热情的投入

芬芳中的芬芳里，创造血缘关系
与完美的、坚硬的果皮，
以及溢满美好事物的汁液。

16

你，我的朋友，是这样孤独，
因为……标点、语句和手
我们渐渐创造出自己的世界，
也许其中有软弱，但大部分却是危险。

谁给他指出过一种气息？——
你感到过多少让我们

恐惧的力……你懂得这死去的
和被男巫的咒语所惊吓住的。

看，我们都必须永远承受
包袱与职责，希望最后的完美。
它虽努力帮助了你，却不能将我

种在你的心里——因为我急于生长。
我愿跟随我主的手，说：
这里。这是以扫披着的毛皮。[1]

17

首先，混乱的，远古的，
某种原始存在的本质。
那根源，是隐藏而神秘的，
是完全虚无。



头盔和猎人的号角，
白发白须者的诗
人们之间的愤怒产生于
兄弟，和琵琶一样的妇女……

枝条干涉着枝条，树上
没有一根枝条是自由的……
唯有一根，哦，越升，越高……

但是，它们仍将寂静开创

[1] 这首诗是写一只狗的。以“我主的手”建立了与奥耳弗斯的关系，他在诗中是诗人之主的化身。诗人想用这只手，为狗祝福——因为对狗的悲悯。几乎像以扫一样（参阅《创世纪》第27章关于雅各的记述），狗毛也是为了在自己心中分得一份不该得到的遗产：包涵幸福与痛苦的人生。——作者注

并将巅峰弯曲得
像一张七弦竖琴。

18

主，你可听见新的
抖动的嗡嗡声?
预示着某种赞美的
来临，祈祷之声。

真正的听不见的寂静
在强烈的喧嚣中，
而机械却会
歌颂劳累。

我们眼看着在它的
暴怒中吹向毁灭，
逐渐衰退，变丑。

我们曾给予它力量，
迫使它运转冷酷，
它却成为我们苦役的工具。

19

纵然这世界迅速
转变如同云雾，
所有完成的事物
却将归于太古。

超越转变与前进，
广阔与自由，

你的歌在飘
跟随弹竖琴的主。

我们没认识苦难，
也没弄懂爱，
在远方的事物也没能

将真实面目揭开。
只有这大地上的歌
在赞美，在歌颂。

20

我将献身于什么？主，譬如
谁赋予你从创造物到倾听？——
我记忆中的一个春天，
在夜晚，在俄罗斯——一匹白色的马……

它沿着村庄越过
前方。腿上拴着一根木桩，
属于它的只有夜间的草地；
从它脖子上向外抛撒

火焰般的鬃发和疾驰的情绪，
它的奔跑被粗暴地拦阻。
但雄马的血液却像喷泉般跳跃！

它感到了宇宙，哦，多么伟大！
它嘶喊，它倾听——它存在，
如一部北欧神话。
我将献身于它的形象。

21

春天重又到来。这大地
是孩子们写下的诗；
哦，那么多……大地似乎感到值得
工作，为了换取她胜利的作品。

她是严肃的师长，我们爱这
老人的白发与白须。
当我们寻找绿色与蓝色时，该怎样
正确地脱离她规定的词。

幸运的大地，你的节日
所有的孩子们将开始游戏！
我们试着捕捉你，就是，最快活的事情。

教师培育，直到她懂得大地，
大地会出版那全部的根和长期
难以掌握的茎：她唱出的，歌曲。[1]

22

我们是车夫。
但掌握时间进程的
不是平凡小事
而是最后的永恒。

一闪即逝的

[1] 对我来说，这首短小的春日之歌，似乎相当于一支让人惊讶的舞曲的“注解”。那是在农达的小修道院（西班牙南部）我听见唱诗班的孩子们在晨祷时的歌。孩子们始终用的是舞曲的节拍，在三角铁与铃鼓等伴奏下，唱出了一段我从未听过的歌。——作者注

和将要完结的；
遗留的仅仅是
虔诚与贞洁。

少年们，在迅速消失之中
在勇气与力之中，
或在失败的考验之中。

现在一切都静止不动：
阴暗与光，
花朵与书。

23

哦，最后开始飞翔时
它的目的是
不久将出现的
寂静天空，和它光明的

轮廓。这时傲慢会成为
一种成功的器具手段
成为自负的宠物，
它必会转动并渺小——

这架成长的机器
因年轻狂妄而无法
到达完美的终点。他必将

推翻已得的胜利，
沿着某种路途翱翔：
他将成为他自己孤独的远方。

24

如果我们否定最成熟的友谊，部分原因
是来自不招摇的神灵，因为坚如钢铁的
我们，又那样严酷地背叛。
是出于互不了解，还是在一张图上意外地找寻？

朋友的压力，掌握我们的死。
友谊无处不将我们触碰，在远方
在我们的盛宴与浴室；友谊的使者
将长久而缓慢地接近我们，又迅速地

超越我们。现在我们更加孤独，
由于相互无知，由于一种十足的依赖，
我们不该修筑小路与美好的散步

于斜坡附近。只有沸腾燃烧
才能形成火，只有举起来的铁锤才能永恒沉重。
而我们无力活着，如水中漫游的人。

25

我将再次回忆你，某个我了解的人，
像一朵花，或一个从未见过的名字；
我一旦向它们指出你，我们就会争夺你，
你这来自无敌的、呼喊而秀丽的伙伴。

开始你在舞蹈中，然后她踌躇的身体
突然站立，如同青铜般的青春；
悲叹、倾听；最后连音乐
也沉入她的血液。

——几乎成了疾病。站在阴暗处的神，
逐渐变黑的血。猜疑，不能再等待了；
巨浪，正朝着大自然跃起。

一次又一次，落在黑暗与灾难里。
它闪耀着尘世之光。直到它用下一个可怕的
敲击，冲开荒凉的大门[1]。

26

你，神圣的人，对最后的寂静吟唱，
藐视攻击你的米拉德的人群。
美丽的主，尖叫声与鸣响
都来破坏你建立出的齐物歌唱。



这儿没有人能伤害你的头脑与竖琴，
无论她们怒吼或挣扎；所有尖锐的石头
在投向你时都将变软：像你的心。
你使人感动，又赋予人听觉。

最后，在复仇的驱使下，他们撕破并拉裂
你的身体，而你的音乐却在悬崖与勇士们之间
荡漾，在飞禽的树上。你歌唱寂静。

哦你丧失了主！你永不完结的思想！
唯有憎恨能在最后将你与我们区分，
一张叙述本质的嘴，和一群旁听的人。

（上卷完）

[1] 致维拉。——作者注

# 马留斯·凯拉鲁诗选

/ 陈汐　译

## 练习孤独

要怪天气吧，手腕处的疼痛
女人走过，如呼吸满开
压迫着我

有时
我记得我的影子离她们谁的影子很近
我的光已经睡着
也许我会让另一个女人在心中滋长

在所有季节里
白昼充满灰烬
夜晚有时像沙漠，把梦拽进去，
折断它们的翅膀，将它们送往更荒芜的
片叶不生之地

要怪天气吧，雨落在我心里
静寂，无声
当下拼命进入我自己
当我既已附属于过去

我的脚步过时，额头渴望日出
瞬间和字母盘绕词语之蔓，织成窗帘——我拉上它
不再感到自己是影子的复制品

我观看镜子里的破晓
看见那终将淌遍我全身的光如何形成
还能怪天气吗？

## 旅途

很远处
一座村庄沿着道路四处流淌

我看见
黑色的鸟将它们自己从白昼的肉体上撕离



我遭遇夜晚的芽

很远处
我看见房屋像一滴滴泪
从夜晚的裙摆垂下

有些窗口
生起了光
像生活的一朵花

另一些屋顶上，
一些生锈的记忆钻出来
仿佛没有人记得也没有人忘却。

鸟飞逝的时间是薄纱
蒙住老房子

那里只住着孤独
逐渐干涸
没有生活浇灌的花
被逐渐忘却
云朵的羽毛压着它们，
渐渐飘走，越来越厚重
越来越冷

看见老房子
正因孤独死去
是我无法战胜的痛

黑暗的哭喊从湮灭彼岸
来到我这里

道路流进城镇
没有负伤
不费力气



## 进攻之后

我们站立 / 脸藏在四壁永恒的盒子里，
在一个起皱词语的掌中 / 像被剩下的一个起皱的念头
在一张黑暗的椅子上，窗帘的流苏是回忆所制

没有开端、已然结束的一天
被压抑于
褶皱，当下的过去，古老的气味之下

意义瓦解
于承受飞蛾啃噬的念头的手掌里
那里，黑鸟从遗忘的肉体里诞生

像安静的蒸汽一样飞翔

在各处
我们感到疲于孤独的房子正在死去
一个受伤的词语在一首诗的边缘，
或是寂静粗枝
从我们的灵魂里长出来

世界是
只剩一本书的房间
词语都已经离开
被读者遗忘，读者被它们的影子缝合
在光瓦解后的沙子里

我们走上其他人的脚步
独行
被现成的痛袭击
没有人教你该如何治愈
回忆死后的伤
没有人教你该如何接受
历史



## 白昼仿佛一种病

用它的光为周围世界的每一个角落着装
书架摆满了书
有几粒尘飘下
书架胆怯地吱吱作响，抓紧层板
一本书发出惊讶的呻吟

从书页里
蹦出几个有羽冠的词语

以难以置信的阵势穿过房间
也有的藏在那罐
昨天留下的水后面
挨着一张椅子，上面有几本书
发满了霉
疲倦地咳了几声
一些字母滑了出去
想加入单词的圆环舞[1]中去
结果它们掉在了床边的拖鞋里
他躺在床上
用布遮着，光透过布就不会咬他
他睡着了，睁大双眼

白昼仿佛一种病
黄昏匆匆落下
好像终于熟透的疗法
当夜晚切除最后一丝光线
床上的人起身

点了一支蜡烛
努力不去看它
只有纸张才能吸引他的目光
他踢了踢仿佛上辈子那么久远的日历[2]

直到疾病似的白昼再次降临
他有时间活着



[1] 圆环舞（hora），或译作霍拉舞，是罗马尼亚和以色列地区特有的舞蹈形式，大家手拉手围成一圈跳舞。

[2] “踢日历”（kick the calendar）是波兰习语，指人死亡。

## 似乎是我们生活的某种世界

给那些鸟之河一般
在过去与未来之间流动的人

人曾像鸟一样
有支流作双手和剪断的翅膀，
　　这样才能飞

有的人试了试词语
仿佛试衣服

有的好像总聚在营地里
簇拥在篝火边
烧着他们的回忆
沉默无声，空咬着不再想要的过去
吐出一块昨日的躯体

其中一个人望着我
犹如当你明白每个人都会独自死去
而活着比死去更孤独

还有一个躺在我面前
像一块透明的地毯
我看着他
他的一只眼睛是一枚子弹
没有心脏，只有破碎的回忆血淋淋

一个孩子
穿过我环视的目光

仿佛穿过一滴天使的眼泪

没有微笑，只有童年的缺失
感觉不到言语，我只能感到
打他的人恨意的手指
撕下我的目光

……
在家乡
街道全都一样

另外
这一天还少了一些人
我感受不到他们
像迷雾般穿过这个世界

那里
人像鸟一样
有泪水作手，和剪断的翅膀
所以他们不能飞

## 那里，已播下遗忘

那里，已播下遗忘
沿着道路流淌，像一套婚纱
给所有独处的女人
一只野兽，被寂静所伤，
它沿着道路流淌，只有孤独相继走过
这条路，那些逃出村庄的人
已将孤独丢弃
由它们生长
深入地下

村庄像一幅画，有人曾从那里啜饮生命
一些剪断的翅膀飞过
像是在被寂静蚕食的尖顶上颤抖

在墓地延伸过来的沟渠边上
出现了我们被遗弃的祖先的影子
他们很安静
如烟的手指间
前世不断流淌
可以听见叫喊
大笑
哭泣和喜悦
这些都奇怪地
在那条只有孤独行走的路上回响



当夜晚来临
或因仁慈
抑或出于爱
上帝伸出他的手掌
收走孤独在脚步间
投下的阴影

村庄依然荒凉
散发着时间腐坏的味道

唯有一只狗
比古老更老
等着咀嚼牙齿间
最后一滴生命

最后一粒光滴下

夜晚不愿再来

那里，已播下遗忘

## 有一天，镜子老了

有一天，镜子老了
它擦白清晨的倦容
往杯子里倾倒
回忆
那时人们
还互相赠送
从过去的血肉上撕下的言语
还附着根须稀疏的阴影

回忆
因奇怪的寂静不能成对
仿佛时间忽然
丢失了所有事件的脸庞

回忆
像蜡
里面漂浮着
昨日和今天之间剥离的脸庞
破碎的言语

你和你的生命面对面
你们隔着很远，看着彼此
同一只鸟的
翅膀
忽然分离
这一瞬间，你觉得像一个问号

接着白昼再次出现
寂静将这地方留在翅膀之间
镜子的白好像在光的时钟里
逐渐褪去
时间在沙漏里朝你眨眼

你戴上没药[1]和毒药的面具
你去向
黄昏的灰烬

## 他最后一张照片

于父亲的葬礼

阴影倚在墙上
朝着画满千面哭声的
躯体——悲伤登基的盛宴



双眼绝望地把痛苦传给僵硬的
避开言语之路的双手

窗户
被太阳的手掌抚摸出血
呼吸着光

他的手掌
曾抚摸过对女人胸部之爱的追寻
今天
我几乎没有停止过靠这追寻呼吸——一生的护身符

[1] 没药（myrrh），黏稠的褐色物质，有强烈的气味，用于制香和入药。

深渊之境从它的中心开始筑起
带着天堂的幻景
庇护走上恐惧之路的人

阴影温柔地执着于从感官里挣脱出来
越过祈祷中许下的愿望，以及回忆

## 被时间破坏的念头

我们
在一起
两个念头
被时间破坏
消亡之际
虫子般的沉默滋长
两者之间的墙面仿佛我们的手掌
各自独立
相互分离

一只蝴蝶的翅膀由你的姿态制成
抖落它的厌倦
啜饮往昔之往昔的
雪

你的苹果散发出原始的香味
在我周围流动
被遗弃的雨
再也没有人等待了

陈旧的眼泪
从你的睫毛跑向我
取自一杯孤独，你和我一同喝下

像一些没有分到鞍的马

我们
在一起
两个念头
被时间破坏

消亡之际
虫子般的沉默滋长

我们等着
彩虹
诞生
在雨流泪之后
在你的沉默
和我的等待之间



## 堂吉诃德之死

死亡是世间灵魂之国
住着被身体抛下的诸多灵魂
我变得雪一样白，
寻找栖身之地的雪

如今的世界是肉身十字的森林
我们的梦被钉死在上面
翅膀被一枚枚有罪的沉默固定

在第一个世界做梦之后我想大喊
在爱情故事之后也是
啊，爱情故事在哪里？
我为你许的愿是

别让
自己被骗了
只有狐狸的狡猾
才会一头扎进
被可怜的堂吉诃德的巴比伦历史所杀的
悲伤、安静的脚步
我已将他深藏于我自由的瞬间里

一整晚
我感到自己从喀迈拉[1]的身上下来
没有给那则故事留空间
回到
那故事滑入冷漠的那一刻

就在堂吉诃德死后不久



你发现自己身处
肉身十字的森林
堂吉诃德注视着你
用他不死之死后的
无数只眼睛

（选自《光年 3：友好边境线》）

[1] 喀迈拉（Chimera），希腊神话中的怪兽，也引申为臆想、幻想之意。

田华

《暮霭沉沉》

纸本水墨

200cm × 220cm

2019 年

推荐 

# 李敢的风俗写作

/ 倪志娟

所谓风俗写作，在我有一个明确的定义。它当然要立足地域和世俗人情，但关键在于作者在作品中对待它们的态度，不是赞美或否定，而是辨识性的，是彼此遭遇或者观照。



李敢偏居西南一隅——他的诗明明白白交代了这一点，我大约知道他守着一片林场，日日与树木为伴。他对于西南地，有一种深入骨髓的认知，他的描述，有棱角，有沉默，有黑色素，有独特的风情，我故而将之命名为风俗写作。

## 一、“做旧的”地域风景

在西南旅行的有限经历，使我对那片地域保有的印象是山野密林，山势险峻，灵异鬼怪的传说与丰沛的植物纠缠不绝，其实是一些渺茫的浅表感受，却在李敢的诗中得到了部分印证。

李敢在诗中呈现的西南地域风景，自然以林木为主，或许是他自己经营的林场，或许是他出生成长的乡村田野，其间蕴含了植物的自在生机，蕴含了各类人艰辛的生活。

他描写地域的风景，是夏天，有细娃在田埂上拽着一只风筝望风奔逃；是春天，“在早晚／冷凉清幽的风中”（《一棵在天地间生长的绿树》）；是冬天，“我一个人守着麦秸屋，偷吃柜中的冷肉”（《柜中肉》）；是秋天，“秋雨中走着秋雨人”（《秋雨人》）。李敢最关注的应该是秋天，从整体而言，他的诗呈现的地域景观是秋天的色调，萧瑟中点缀几点浓郁的颜色：灰麻雀、乌鸦一群群在田野上、在坟顶子上飞；一只绿光鸟栖息在芦苇上，一丛丛芦苇间或被野小子点亮；很多树，各种各样的树，栽在横河边，被砍伐、被人挖走的树。用他自己的诗句描述，他的地域风景是"人间荒阔如旧"。是的，他的风景是做旧了的，带有古旧的黑白照风格。

黑白照，对于"60后""70后"一代的读者会有格外的认同感，这种认同感来自那个年代记录历史和童年时光的黑白照片，来自黑白电影，以及后来的黑白电视机。对于我而言，还有一层更特别的感受是黑泽明的电影带来的，他以黑白光影塑造了一些深刻的故事，那些故事好像是过去的，但又并不过时。

当彩色显影技术取代了黑白画面，同时被取代的还有一种情感模式。有时候，我们需要一种陈旧感才能找到和这个世界的关联，旧衣物、故人、旧景观，我们希望人间是旧的，表示我们曾生活其间。

李敢诗中的黑白色调，不仅是素描似的，而且带着陈旧的质感。物的细节和活动的人当然带有本然色彩，但李敢运用了做旧风景的独特手法。他以简笔画的笔法勾勒事物的线条，排列物与物之间的疏密结构。他的诗句暗含了褪色的功能，让被描述的事物还原，或者以记忆和梦中的黑白情景出现。这种消除，对应于生命中伴随的丧失或遗忘。

李敢的地域，是旧的，但也是活的，存活于民间和世俗，其间的人与物有相似的生命形态，努力活着却有一种顺从，自在而又冷漠，人"和一棵树一同长大"（《离开，让一切重新开始》），树在长，在落叶，人有时也褪去衣衫，像落叶树一样和天空赤身相见。人的衰老或者颓废同树一样，"根须在泥土中坏死"（《经年》），"像一根朽坏的木头一样"（《木耳》）。

李敢的地域保留了一种蒙昧状态，不仅生命形态，而且时间和空间的边界都是模糊的，连绵成一片。比如在《蜕皮三章》中，他将人的生和死镶嵌在银杏和桂树的绿阴中：

是，我必须守着
死在银杏和桂树的绿阴中

等秋深时，银杏就在我的躯干上披一件金衣
桂树花细，几阵秋风过后，树下地上一层银

天色晦暗，我倚立在树干上
听雀鸟鸣啼

我死。银杏不死
桂树不死

青草年年绿

在《我知道永逝降临并不悲伤》中，他描写了过去与未来的时间如何在一个个体身上交会：

我说明天回家，天不见亮深黑着……
但其实已经是在明天了。
我的意识，仍在今天（昨天）彳亍着。

我在明正自己有两只脚？
一只脚在永逝的夕光中飞踹着，
一只脚已经踏进了明天的水流，

我的今天哪儿去了？
活着，我已经是一个没有今天的人。
昨天，在乡村集市逛荡，
遇到了旧时光，一个吆喝着卖桑葚的人。

他将是一个乌黑的人。
背着背篓走在田坎上，
于立夏日，在桑树的浓荫下唱着一只浑朴的童谣
……

他最好的诗歌之一《沉哀书》，描写了各种生命形态之间隐秘的转换和传承：

我知道一个人在等我
万物在他身旁生长。死亡。再生长
他是孤寂的
他不说一句人话

他耕耘过的田地土质膏腴
埋在土中的铁终将化成一坨硬土
逝水回到云空
风吹扬着麦穗上的细花

他给了我微笑，又给了我一双眼睛的清朗
望我：忙生活。忙死
我不愿走上他经过的弯弯土道
夏天了，仍有细妹在田埂上，拽着一只风筝望风奔逃

死去的人如铁，化成硬土，再回到天空，化身万物，后来的人继续同样的生和死，代代相续。

他笔下的地域，就像一棵枝节盘错的树，不曾真正进入现代化的进程，并不全然是美好的景象，在它被烙刻了现代化的僵硬痕迹之后，无论是装饰、补丁或者变形，一种协调和完整都被彻底打破了，这片地域更深地陷入了潦倒、不知所措和茫然之中：

一头小牛慢慢地，在学着磨牙，反刍人间。
他们说，李某英的摩托车停在阿姑山村的树林边上，两三天了。
——《苍茫断》

春日盛大时，银杏树就爆芽了
一觉梦醒，春草葳蕤

百草枯，或者草甘膦，一瓶除草剂劫杀一片春光

——《活着的理由》

## 二、地域之人与事

李敢诗中的人，有不同的身份，却又似乎是同一类型的人，他们“被收存在细瘦的悲哀中”(《早晨的悲伤》),具有先知似的特征。比如《垂老吟》和《肥人间》:

坐在我身边的人还有谁?
我想听到你们说话的声音
我知道天已经黑了
你们再也看不到彼此脸上的阴晴
——《垂老吟》



秋凉了，我是不是应当哭一场?
哭什么? 哭我光着膀子，
哭夜风清凉，透过破损的门窗削薄我的身体?
——《肥人间》

人沉陷在一种沉默本性之中，具有流水线上的作业工气质，在命运的轮盘中随波逐流，又劳作不息，似田间地头生长的庄稼，一轮一轮地更替。他很自然地把自己融在其中，以一个影子、一个孩子、一个孤独者的形象，承担着无形的延续:

越过忘川，它是一只不死鸟
霜降日，在一棵柏树的枝柯上聒噪

一个人，孤立在荒草庭院
一个人，在一棵银杏树下撒尿

一个人，他想要干净清凉的生活

光着身子，在夜半仰望

——《一只寒鸦飞逝了》

这首诗中的这个人，几乎可算李敢诗中的人物原型。他是孤独的，这种孤独，不是感受，而是宿命，是坦荡的，是原生态的清凉生活。他历经忘川，不死鸟是他的分身或象征。这样一个人物原型埋藏在每个人物的身体深处。

李敢尤其喜欢写死魂灵和生死之事。这片地域，本身蕴含了祖先的幽灵以及携带着各种故事死去的鬼魂，鬼魂总是介入活人的生活。他写到鬼魂和生死，没有宗教因素，没有猎奇似的不敬，是世俗的、接纳性的。熟悉乡村生活的人明了，死亡就像四季，回旋在村民的日常生活、一言一行中，平常得如同每天的落日，“他有一个老婆，喝一瓶百草枯，死翘翘了……”随后降下黑暗和黑暗中无限的空茫，死亡是无可逃脱的生命事件，是寂静与缓慢中生发的、带有抚慰性质的虚构，是房屋或田地边堡垒一般随处可见的先人坟茔。

《站在父亲墓前四十八首》这个小辑，每一首都与死亡相关。令人印象深刻的有《唢呐》《一个鬼吊在屋梁上》《清明咒》《刀锋》《木耳》等。其间的死亡，关涉男性之间隐秘的代际情感关联；关涉男性的沉默、不善言辞或自我克制，所有未被表达或者无法被表达的，是一朵“哑巴花”（《哑巴花》）；也关涉自我的死亡。

写到鬼魂，李敢多半时候是静态、悲凉的，偶有作恶动感之时，比如《和一个好鬼乘风奔逃》，在墓园中，在空旷的荒郊野外，与鬼奔逃何其惊悚。我很好奇他如何定义好鬼，首先当然是夜风清凉、岁月清凉，或许流露的仍然是男人骨子里的风流。《和》中写到的清凉鬼令人向往，这样的鬼该是西南山区独有的，被苍翠林木与湿热润养，才可以具备“怀抱阔荡／潜藏着一轮月亮的沧桑”。

他的《风影》一诗让人毛骨悚然，又悲不自禁。这是一首七节长诗，描写死去的女孩蕙。诗歌第一节用一个扭头观看的动作开始：

扭转头望回去，槐子树黑蓊蓊，在田原上伫着

……

这个观看者或许是作者，或许是蕙，定格了这首诗的方向是向后回溯，而来时路苍茫，槐子树、田原、弯曲的泥巴路，蕙像一只灰田鼠。至此，我们尚且分

辨不出蕙是人是鬼。后面两段出现了一个男人，我们依然无法分辨这个故事会向何处演变。第二节，变成了蕙和我两小无猜的同行，这一节的颜色也鲜活起来，不复第一节的灰暗枯黄，绿色盈眼，但声音忽转凄厉。

这首诗找不到诗歌的叙述者。从始至终，李敢回避做一个主动的叙事者，他明明是怀旧，但他隐身在诗歌中，即使作为“我”出场时他也是沉默的。对自我、言说者身份的淡化，是为了突出蕙，这种手法，仿佛也是为了让死去的蕙，让没有分量、没有质感的蕙，能够重返人间。

我留意到女孩的名“蕙”一字中草头的沉重。汉语中拥有许多草字头的字，其中很多被用于女孩的名字，但呈现在这首诗中，惠的头上冠以草头，如同被青草埋葬的兰质蕙心，如同在诗中为这个女孩儿立起一个小坟茔，强化了这个女孩儿的悲剧性。

## 三、地域之腔调



李敢的诗有口语化特征，但避免了散文化倾向；有简单清晰的节奏和西南民间韵味，又祛除了西南方言滑畅的火锅调；他的语言有植物属性，淡漠、直观，写作关涉自身经历和体验，随意开口，朴拙的气息扑面而来。

他大量运用了西南地区的方言词语，比如“灰灰菜”“坟飘子”“干啥子”“青屄子娃娃”等。方言词语自然沉淀了地域的传说，比如“野猫子”，是传说中暗伏在乡野的狞恶野兽，专吃哭嘴的孩子；“血豆腐”，是人畜喷溅的热血冷凝而成；“白布孝帕子”，是乡野男人有在头上缠裹白布长帕的老风俗，似是为蜀国丞相诸葛孔明吊孝沿袭而来。

李敢也创造了自己的词语节奏，他有时用叠词，比如“饥饥荒荒走”“弯弯土道”“老天灰蒙蒙”“绿汁液汪汪”“慢慢走”……因为省略了“地”字或“的”字，使得叠词不带来舒展，反而产生了紧促感。

他最偏爱的语言习惯无疑是省略，是刻意的压缩，这是一种“削薄”语言的偏好：

走！我已经站直了——守在院门口
望你黑脸秋风般摸回家
——《黄金坠》

关窗，关黑铁防盗门……
——《秋雨人》

夜就那样。一直黑着
可以拿灯照亮
我在很小时举一盏煤油灯
照亮老家冷锅灶
——《天黑睡觉》

他喜欢省略掉本应与动词搭配的助词，让动词在句子中零丁，或者干脆省略动词，这种省略强化了动作本身，有文言文似的简洁起伏。《风影》一诗中有大量这样的句子：

风吹槐子树，槐子树啸叫

蕙在田中拣麦穗

蕙站在男人身边，蕙的白影子轻飘

猴子一颗花生米
老头一颗花生米
……

因为省略和压缩，他的句子与句子之间有长久的停顿，有空白，有突兀的转折，有莫可名状的阴影，和西南地域的神秘气质搭配：

我一直光着膀子。月光照进屋子，
我很冷。
——《杀无赦》

狗一天只吃一顿饭
狗惊叫唤
在月光很大的夜晚，我听得见麻雀在林中啼鸣

磨骨头，养直肠子
独活。独活。
——《灰布》

## 四、风俗写作的别致与深刻

李敢描写了一个世俗、传统、灵异的西南地，但他的诗与写作传统的关联并不大。他以一种原生态的方式吐露语言，在其中，我几乎看不到明显的影响源，看不到思想的统领或者技法的约束，他似乎不愿遵从书面的诗歌准则和禁忌，而是以一种自然放松的姿态写诗。这种姿态常常是危险的，是一个成熟诗人会自觉摒弃的，但在李敢这里，他的成熟反而体现在强化这种姿态，同时让这种姿态中附带的拖沓、懒散毛病匿迹。最终，他的写作姿态与一个高强度体力劳动者在劳作之余的放松姿态类似——尽管身体松弛，但身体无意识地携带着劳作的紧张感和沉默。这种姿态，其实是与世界的对峙，一种近乎于直白的旁观。



诗人担当着呈现意义的使命，然而李敢抛开了这样的使命，他呈现景观，至于如何理解景观，他交给读者去完成。

李敢从未把写作的自己视为精神上的异乡人，他和自己描写的地域、人同在。因而他对自己描写的对象没有太多的哀怜或批判，当他要哀怜或批判时，他会不自觉地让自己走进诗歌，直接承受这种情感。

他笔下的乡村当然在现代化进程之外，但并不必然指向落后、愚昧，它是陈旧的，但不是向后退缩、向下坠落的，相反，它具有黑泽明电影中的那种穿透性，拒绝停留于某一时刻，而是永恒地指向当下，一种现时态，不愿被定性，然后被否定或者抹除，它强调自己的合法性。

他的叙述中有一种冷意，但不做刻薄相，也不做愤怒或者悲哀状。他真正懂自己生活的那个局部，这种懂，以冷感的情绪呈现出来。与善恶是非判断相比，

李敢显然更信任生命本身的存在逻辑，存在即合理，存在即意味着包容性。所有人和事的出现，有其自然的逻辑，就好像“昨天晚上下雨／今日天地湿滑”，一些叶子还绿着，一些叶子已经黄落。

李敢几乎不涉及人物心理，他的诗是向外延伸的，用外在事物或行动对应人物的心理。诗句在一个空间平面上延展。诗句与诗句之间留下缝隙，诗句如一棵棵独立生长的树。他不做连贯完整的叙事，很少时间的纵向连绵，诗句总是在空间中转向，一幅幅画面是被截取的空间截面图。比如，《鸦语集：唱歌的人走了，背包内盛着漫山落叶》中，他写道：

唱歌的人走了，背包内盛着漫山落叶
我们在他身后筑路

再建一座桥。跨过一条河流，我们在冬日种小麦
我们在谷雨时节栽插水稻

我们在一块田地种棉花，绿草长在田埂上
我们在水边造房

“唱歌的人走了，背包内盛着漫山落叶”，开头这句诗仿佛要开启一个未来时间中绵延的故事，然而第二句诗就将人的视线收回来了，迫使读者的视觉转向“唱歌的人”的身后空间，然后向着四面八方水平延伸，河流，冬日种小麦，谷雨栽插水稻，田地种棉花，水边造房……不在时间中展开故事性，只在空间中罗列现象。

因而，李敢的诗多是视觉主导，不是时间或思想、心理线索主导。他对连贯性的故事不感兴趣，也回避对人或事进行深度的探究，他呈现眼中所见，用现象之间的并置暗示人物的心理、命运或者某个事件背后的深意。比如：

走在荒冷无边的天地间，秋雨人的胸膈内波涌着一条哀怜的河流
白水有沉渣，在杯底
有微细的光亮，一粒粒渣子相互照耀
——《秋雨人》

这里，用白水中的沉渣暗示秋雨人胸膈内的哀怜，如同电影中的蒙太奇手法。

《青灯》这首诗是李敢的诗作中少有的带有温度的一首诗，其视觉效果具有油画的质感：

夜，停电了。神龛上一支烛火在跳荡
微弱淡黄色的光亮布洒满屋，迷蒙，温和，宁静

现在，我的脊背浸在一片纯净的光辉中
那光辉越过我的肩背，辉映着，雪一样的白墙壁

这来自身后的光芒，空明，澄净，虚无
它是天上的一盏青灯，旋转着，穿透了青黑色的屋瓦顶



在我身后照亮

所有的意象在表面转换，烛火“微弱淡黄色的光亮”弥合空间中的裂痕，让孤立的身影、雪白的墙壁、青黑色的屋瓦顶以及天空融合成一个整体，如同一种隐晦的信仰或爱的寄托带来救赎。但是黑白的底色不曾祛除，身后的光，尽管空明、澄净、虚无，穿透了青黑色的屋瓦顶，但不曾穿透“我的肩背”照亮我的眼前，因而这是背靠光明身陷黑暗之中的人。神龛上的光，终究是一种有限的救赎和关爱，无法触及人性的不可知。光明与黑暗的两极对比令人印象深刻。

最后，我想说，李敢交出他的诗作，与当代绝大部分诗人的诗作对峙，就像他笔下的地域景观与现代化的都市景观对峙，我们常常关注后者而忽视了前者。事实上，我们不是真正忽视——乡野村民，对于中国人，总是平常景象——只是我们越来越找不到正确的打开方式，而李敢的风俗写作提供了一种可靠的视角。

他在本质上是悲悯的，但他对自己的悲悯不以为然。他既不美化也不丑化乡村，不投射浓烈的情感，不做一厢情愿地同情或潜藏恶意地嘲讽，不矫情地寻找皈依，也不作猎奇似的书写，满足读者的窥视癖好。他对于描写的对象，不是所有格式的，而是泛化、客观、中立，是冷静的审视，去繁就简，还原、再现似的描述。他记

录了各种真实的现象，有坚韧的生命，也有生命中的荒诞和苦痛，有生机，也有无处不在的死亡和淘汰。因而，他的风俗写作，不同于乡土写作，也不同于寻根写作，他写道，“窗外有一棵树”，但这棵树不属于他，不属于任何人，不建立关系，就像我们的命运一样。树绿着，黄着，掉光叶子或者长出新叶，哪怕白花盛开将一块田地变成一片“悲悼的海洋”（《树心引》），花谢了之后，树还是树，人还是人。他的地域、人和物事拥有不会被写作定义的自在性，超然于价值判断之上，从属于生命的审美原则。

就阅读而言，我倾向于淡化作品与作者的关联，不对作者及其创作过程做实证似的调查，只是聚焦作品，通过作品去理解作者。也即是说，作者在阅读中是隐身性的在场，他对自己的作品构成一种自然的框限，过分抛开作者的文本阅读，在诗歌范畴内会变成一种相对主义的灾难。因而我并不认同福柯对作者的否定，“作者是一个由于我们害怕意义增生而构想出来的意识形态形象”。李敢的风俗写作，对阅读而言，提供了一种比较可靠的路径。风俗写作，代表了一个诗人和自身生命来源之间更真实、更深刻却又是有距离的印证，它使读者能够更好地进入作品，做一种传记性却又是客观性的阅读。

# 一只寒鸦飞逝了

/ 李敢

## 和一个好鬼乘风奔逃

我看到一个鬼
面容美好
在荒林中
数
去秋的
落叶
风起了
一片
两片
三四片

墓园虚寒
腐叶下
有鸟儿拍翅的声响

**和**

黑天黑地
野火飘忽
是一只清凉鬼在

吞吐着细舌。清凉鬼有怀抱阔荡
隐潜着一轮月亮的沧桑
我也有皮囊清凉，收藏一具

合理骨骼
暗暗呼吸
应和着清凉鬼的嘘息

## 一只寒鸦飞逝了

越过忘川，它是一只不死鸟
霜降日，在一棵柏树的枝柯上聒噪

一个人，孤立在荒草庭院
一个人，在一棵银杏树下撒尿

一个人，他想要干净清凉的生活
光着身子，在夜半仰望



## 离开，让一切重归于陌生

我死之日，万物葱茏，阳光打在每一片花叶上
死，像一件青黑色的斗篷覆盖在消瘦的身体上。我是温暖的

我是轻的。胃肠中无有一粒粮食，筋脉内不再延宕着果子的甜和涩
一张皮裹卫着一架坚硬的骨骼

院墙下的劈柴。林中落叶。打火机。在鼎镬中，我把自己捣烂煮熟
埋在一棵树下。我和一棵树一同长大

## 清明咒

我是否可以这样去想
在四月清明的时候，一个人坐在梅花树下伤心

但一个坐在梅花树下伤心的人，是什么样子？
四月清明，风是青青的，淡淡的，带着麦苗绿色的气息
我想他应是疲惫的。

握在手中的白水。玻璃杯的暖焐着
他老苍的脸颊。偏着头。我听到了他心底的喟叹
远处春水的奔流。和时光的慢

就这样，我愿意想着这个人。站在他感觉不到的一棵春树下，远远望着
我知道自己，不是一缕风，能够从他的近旁轻轻掠过。



## 木耳

在清晨，我选择了
坐在泥地上

像一根朽坏的木头样
我有一身的黑

木耳丛生在手臂
及腿股上

我吃下黑木耳
晨雾在身体上蔓延

过路人，如你在树下望到一架骷髅

不要惊疑，转身走你的路

## 经年

我有一些粗壮的老兄弟，和两个弱瘦的小兄弟
他们的根须在泥土中坏死

冬天了，他们的叶子没有黄落，还绿着
一朵朵花蕾在枝杈上，预备明春开一些白花朵

天日越来越冷，我希望他们不死
八个男人扛抬着，一棵棵移植在高埌的田地

## 一棵在天地间生长的绿树

我有一棵绿树
他生长在天地间
在墓门外头

这棵绿树
他绿色的叶
和他的花骨朵儿
在早晚
冷凉清幽的风中
一片片绿
一朵朵开

一个人，他披一件棉袄
扛一把锄头
绕着绿树走

尸骨硬白

一根根
盘着
绕着
一颗暗红的心脏

这个初冬的老人
他其实是
一个体毛茂盛的青年汉子
他为什么给了你，一张老苍的脸容

## 活着的理由

春日盛大时，银杏树就爆芽了
一觉梦醒，春草葳蕤
百草枯，或者草甘膦，一瓶除草剂劫杀一片春光



银杏树挺立在天地，怀揣旧年的孤寂
他托举泥土的宽忍，迈步于云空
银杏树将于初冬再落光叶子，赤身应对一个季节的寒冷

银杏树没有灰心
银杏树不会去死
银杏树活着无需活着的理由

或者，一个作死的借口

## 蜕皮三章

### 一

是，我必须守着
死在银杏和桂树的绿阴中

等秋深时，银杏就在我的躯干上披一件金衣
桂树花细，几阵秋风过后，树下地上一层银

天色晦暗，我倚立在树干上
听雀鸟鸣啼

我死。银杏不死
桂树不死

青草年年绿

二

我有三条狗伴着
寸步不离
摇尾乞怜于我

紫薇花树每年蜕一层皮
夏季开花
一串串红

广玉兰在初夏萌新芽……年复一年，它们盛放纯白的花朵
在园林中赤脚逛荡，摇曳于枝叶间的阳光温暖了我，养育着花木

三

茶花和海棠，你拿去
栽植在屋顶

打春时，铁脚海棠一树红火
茶花从冬日开至次年的春暮

我不吃饭。狗必须吃饭
狗吃饭，我也吃一点，饿不着

## 肥人间

秋凉了，我是不是应当哭一场？
哭什么？哭我光着膀子，
哭夜风清凉，透过破损的门窗削薄我的身体？

我没有瞌睡。
我需要哭诉自己的清醒？

早晨下过一场大雨，现在又在下雨。
天空把一场场秋雨下在城外的水稻田里。
雨水和阳光，催促水稻黄熟，
又是一年的好收成。
在阔荡的乡村，已经不再有人饿着去死。

红衫少年走在秋日田埂上，他向往洁白的米饭
和一碗红烧肉的油亮。
一个老女人去村里的麻将馆打麻将。
风吹稻浪。一个汉子挺着大肚子滚圆，站在院门口望。

## 唢呐

我在你们中间。但其实我已经离开
我听见你们在说人生无常
说我的坏脾气。戕害的是自己
你们说：他其实是一个好人，心藏火焰

我不为自己辩解。沉默着

抓不住一具逃窜的身体，再在你们中间投下灰淡的影子
我拿自己没有办法
在月夜，张开清冷的怀抱

你们已经很胖了。白斩鸡，回锅肉，大肚子滚圆鬓毛衰
——再给我夹菜，我会忍不住哭出声
叶落。救命稻草。和茅厕内的石头
风一直在吹拂，天光把我们的老家屋照亮

我笔直地站着，水流至身边，后继续流着
一把灰做的刀砍向天空[1]
砍断后退路。吹唢呐的人走进院门
他骨骼坚硬，一张黑皮散布着人间烟火的呛熏味

## 灰布



### 一

我穿一身灰布，走回家
我没有见着狗
廊檐下挂着钢丝鸟笼

狗已经变成两只灰羽鸟儿了，活在笼中
鸟儿，你去死吧
在天空张开灰色的翅膀

### 二

狗一天只吃一顿饭
狗惊叫唤

---

[1] 一把灰做的刀，引自于贵锋的诗。

在月光很大的夜晚，我听得见麻雀在林中啼鸣

磨骨头，养直肠子
独活。独活。
狗绝食很多天了，一根根肋条可清炖，可红烧

狗不晓得飞翔。很多时候
狗潜卧在银杏树下
躺倒在床的人，已经很多天不吃饭了，他要死了

三

狗蹲在院门口，对着田野怪声叫唤
对着月亮怪声叫唤
我听着狗叫唤。像一只老乌鸦



狗就是狗。狗不是一只老乌鸦。狗已经饿死了
埋在一棵银杏树下
……很多人在乌鸦的叫唤中，死掉了

## 早晨的悲伤

我有一个早晨的悲伤。悲伤在早晨像晨光一样明亮
我的电话铃音在悲伤中一声声喊叫
一个悲伤的灰影人在帮我接听电话
他不知道，怎么接听一个悲伤的电话，电话就断了

晨光中，灰影人是无解的。他是永恒的
很多时候，我不过是在回顾一张老苍黑脸上的温和。我是严肃的
是不会哭的。闭着眼，我是肃穆的
睁开眼，我是认真的。在悲伤中，他给我端出一大碗面条

一大碗番茄煎蛋面：番茄在碗中永远悲伤着，有些微的酸和甜
一枚鸡蛋永远是被摊薄的。油当然是柔和的
盐一直是庄重的。最后进碗的手擀面条是被分行的
在悲伤中，我开始抽一支烟。他的叶子烟呛出了我眼中的泪水

我望到了夏日窗外，早晨金灿灿的太阳光亮。这个时候
我渴望听到一群麻雀在草屋顶鸣叫
或者是一个孩子，在楼下的水泥地坪大声哭闹
如果一个人被收存在细瘦的悲哀中，他是不会去死的。我准备一直悲伤下去

一个小孩儿的悲哀从来都不是巨大的。我曾赤脚去了很多地方
沟边。田坎。老河湾。麻柳树上。旧时光在归家路上
我举着纸风车，准备去一个我没有去过的地方。但是他一直阻挡着我的离开
在早晨半明半昧的梦境中，人们在街口举办一场丧葬仪式

白花惨淡，死者是看不见的。死者是听话的
我知道死者的眼睛无处不在
他望着我们生。他担忧着我们活。他不担心下落在夏末秋初的一场场雷暴雨
将他的一截腿骨冲荡在天光外。他知道，他是死的



## 鸦语集：唱歌的人走了，背包内盛着漫山落叶

唱歌的人走了，背包内盛着漫山落叶
我们在他身后筑路

再建一座桥。跨过一条河流，我们在冬日种小麦
我们在谷雨时节栽插水稻

我们在一块田地种棉花，绿草长在田埂上
我们在水边造房

## 青灯风影秋雨人（组诗）

### 青灯

夜，停电了。神龛上一支烛火在跳荡
微弱淡黄色的光亮布洒满屋，迷蒙，温和，宁静

现在，我的脊背浸在一片纯净的光辉中
那光辉越过我的肩背，辉映着，雪一样的白墙壁

这来自身后的光芒，空明，澄净，虚无
它是天上的一盏青灯，旋转着，穿透了青黑色的屋瓦顶

在我身后照亮



### 风影

一

扭转头望回去，槐子树黑蓊蓊，在田原上伫着

泥巴路弯拐，在槐子树下
蕙饥饥荒荒走，像一只灰田鼠，从天边的暗影处走近

蕙停在槐子树下
蕙扎着两只小扫帚样的黄辫子

风吹槐子树，槐子树啸叫
像冷雨，淋透了蕙的身子

男人的身影闪现，在槐子树下瘦削

在蕙的身子后边站立

男人从蕙的身边走开，蕙在男人的身后走着

二

蕙和我，一前一后走着，泥巴路的两边生满了青草草
蕙的手中旋着一只笋子虫，笋子虫张开翅膀嗡嗡飞舞

蕙说：它飞不出我的手掌心
蕙说：回家，我烧笋子虫吃

蕙叫我晚上捉田鸡。皮剥了
掏掉心肝五脏，在嫩竹子筒里烧

风吹绿水稻，一个耳光
再一个耳光，青蛙呱呱跳

鬼来了——
鬼来了——

野猫子在树子上呜呜哭叫[1]
蕙说：没有鬼

鬼吃了野猫子
哇——呜——

一棵棵桉树、柏树、风杨树
站在沟边田坎上



[1] 野猫子，传说中暗伏在乡野的狞恶猛兽，专吃哭嘴的孩子。

戳着黑天空
大人前边跑

青尻子娃娃后边叫[1]
蕙坐在一个石头上哭

三

蕙走着寻着，抓到了小虫子塞嘴里

蕙提着竹篼篼在沟边挖棉花草
蕙和一些鬼女子割猪草
蕙在老河边，掰弯了桑树的绿枝条
吃黑乌乌的桑葚子



蕙在田中拣麦穗
蕙在晚风中喊叫
——你坐那儿干啥子
——你帮我拣拣麦子

我坐着，青石在槐子树下
麻雀在青碧色的天空下飞翔，它们越飞越小
稻草人空心子
他在田边摇响笋壳手

天要黑了回家哦
你不怕鬼嗦
——蕙不怕鬼
——蕙是吊舌头鬼

[1] 青尻子娃娃，半大小子之意。

坟影子长大了
饿痨鬼
咯血鬼
碰头鬼

吊舌鬼跳水鬼倒路鬼
出来了
出来了出来了

## 四

蕙说：你从不去家看看
蕙说：我又累又饿，像一只孤鬼子，逛荡在沟边田坎
蕙说：你叫我在你的梦里头抓吃虫子

虫子，和小麦的种子深埋在田地
枯草在泥巴路的两边低啸
在茅草房顶，风吹茨竹影子飘摇，像坟飘子插在坟顶[1]

蕙说：你喊我回家，冷锅冷灶，神龛子荒着蜘蛛网网
蕙说：你的田原灰暗
蕙说：我要吃一口热稀饭

蕙，你不要在冷风中叫唤
蕙，你不要在人家的墙脚哭嘴
蕙，你不要站在坟顶子上张望

## 五

蕙穿着红花小棉袄，又白又硬的泥巴路

[1] 坟飘子，土语，招魂幡之意。

蕙饥饥荒荒走

蕙，哪里去?
回家去。
蕙的脑袋瓜上，两个小扫帚轻轻跳

风扫过去
风扫过来
风在田原上呜呜怪叫

蕙站在男人身边，蕙的白影子轻飘
像一个纸人贴着田地
蕙以赤脚板踢飞了一片枯叶子

六



男人辨认着，在闪电的光照中
有三张老纸贴在门框

男人推开门，在一把椅子上坐
蕙和老头占着桌子
花生米，土豆条，一杯酒，一碗稀饭

猴子蹲在老头的肩膀，猴子冲着男人的背影吱吱叫
老头拍拍猴子头
抓一颗花生米扔进猴子嘴

土豆条哽在蕙的喉咙口
蕙呼噜一口稀饭
蕙夹一大筷子土豆条塞进嘴

猴子一颗花生米

老头一颗花生米
老头端着酒杯，伸出舌尖舔杯沿

猴子系红布条，老头穿红布褂子
瘦猴瘦老头
蕙有饿眼，不吃一颗花生米

一只鸡爪样的手伸到男人面前
同志哥你住店？吃不吃饭呢一顿一块钱

## 七

背过身，男人在公路上慢慢走
两边田地青绿
一个农民铲田坎边青草，两个农民拔水稻丛中稗草，三个农民挖修灌水沟渠



一辆卡车开过去了
两辆卡车开过去了
三辆卡车开过去了

男人走近一座镇子
公路绕开了镇子
男人双手插进裤子口袋，在向晚的青石街道上走

镇子小
镇子旧
青瓦木板房

一个裹着白布孝帕的老头挑着一担血豆腐沿街叫卖[1]
血豆腐哦——血豆腐哦——

[1] 白布孝帕，乡野男人有在头上缠裹白布长帕的老风俗，似是为蜀国丞相诸葛孔明吊孝沿袭下来的。血豆腐，人畜喷溅的热血冷凝而成。

天黑下来了，一盏盏白灯笼亮了，在青瓦屋檐下，在夜风中晃荡

**秋雨人**

秋雨中走着秋雨人
他听不到风声雨声
听不到秋刀破空的嘶嘶音

骷髅在台阶碌碌滚动
秋雨人望到了
一个人举着火把，直挺腰板，光赤赤地走下山坡

关窗，关黑铁防盗门……

在淅沥的秋雨声中，不要咒怨秋雨人
叫他停在小酒馆的孤灯下
放逐秋雨人，在秋雨茫茫的旷野

走在荒冷无边的天地间，秋雨人的胸膈内波涌着一条哀怜的河流
白水有沉渣，在杯底
有微细的光亮，一粒粒渣子相互照耀

## 雪夜和壁炉

/ 张不知

前调佛手柑、苦橙。中调
鼠尾草、桉树。木质香扶好
每片下定决心飘落的雪花
壁炉围聚。雪松、琥珀
安住半截诗行。桃花心木的味道
引来雪夜以外。我的呼吸
踩在交错浮现的香线之上
平稳，熟稔。大雪前
深夜的壁炉适合忏悔
万物都揽上一桩深以为遗憾的过错
我们暂且跟跳跃的影子和解
再去寻每片雪的下落。那些
我踩在雪地的印迹，我作为人
带给雪地的疼痛，雪作为寒冷
落在我头顶的薄凉。我们
还未深入展开谈论。桉树味
融化在浑厚的木质香调，若隐若现
被积雪压坏翅膀的鸟儿终于回巢
柴火闪现舞姿，给孤独献去悼词
我们在雪夜交出忏悔，壁炉在呻吟



## 私奔

/ 熊志彪

你我皆是雪中沉默的事物。
每曝于日光之下，
便有经不起消解的
雪的本分。赖以生存的
是矗立在荒野中彼此熟稔的身形，

在暮色中渐渐弯曲，颓然，渺远。
有时候，我们背身盘坐在一块石头上，
依次数落彼此的骨头中，软弱的基因。
数到河川封冻，太阳熄火
星星一颗颗垂落，我便跃上你的闭合轨道
擦响第一宇宙速度的线条。
这是一颗卫星的轨迹，这是一次
用弹弓助推的私奔。

## 怀念秋白

／ 谢宜兴

再次到汀州，还是忍不住去看你
像看望老友，又仿佛探视另一个自己

我们总被生活这个强人掳掠而去
可最初的理想始终挣扎着不忍舍弃

你想祛除的顽疾岂是革命可以治愈
旧病复发是最令人心痛的结局

最终被自己的疾病抛弃，厌斗者
终作困兽之斗，对众枪，以只笔

其实没有被捕，你也已是囚徒
革不去的书生意气是心灵的囚室

已然出空的人生终被一颗子弹填满
而被洞穿的社会看不见殷红的流失

汀州成全了你最后的救赎，矛盾的人啊
你说此地甚好却怀念豆腐好吃

## 和父亲整理我的藏书

/ 陈翔

奥德赛伊利亚特本雅明博尔赫斯……
父亲坐在这些名字上，不知该怎么办。
书太多了，出租屋的天空已被压弯。
他抽烟；鼻孔喷射出一团团云朵。

室内像一顶高压锅，扣压住我们。
这里的空气，和悲哀的童年没有分别。
那时，我们也这样坐着：静静地，
父亲在云端；我在门外。

松弛在书堆和书堆里的父亲，被我读着：
他的腰痛，额头的犁沟，黑色的痣，
粗大的手，还有指甲缝里的泥。
我读着他，像读着一块田野。

童年的家是一具烟盒，父亲躺着，
抽着自己，抽着我们的命。二十三年了，
我好像从未认清这个男人的面孔。
（二十三岁时，父亲已有了我。）

你拍拍我的肩。于是，我站起身，
像神话的阿特拉斯搬运天空。把那些
方形的内脏，掸去灰，输入一个个
纸箱。如同把死亡，输入一副副棺椁。

你读着我。我在地板上摊开身体，
像一册幼稚园的大字本。你读着
我的房间，鼻炎，微微弯曲的脖颈。

你说：应该 / 不应该；我说：是 / 不是。

父亲，多么遗憾。多年来，
你是盲的，从来看不见那伟大的教诲。
生活是你骄傲的大学（自由是我的）。
我来了，看见了，听见了，却还不能信。

父亲，沉默吧……
尽管我是你的回声。
两代人的沉默，多么美好。
什么都不说，什么都明白。

## 迎接

/ 王明法

江面变得开阔，三角洲上，城市
星辰般散落。现在距离大海已经不远
大江南岸的堤坝，豁开了一道口子
接通大运河，接通富庶的江南
秋风一阵接着一阵，从江北平原上
携带着稻米的清香和潮气
在开敞的江口汇聚，多少感怀在集结
这样的旅程和历年相似，我们
准备好了迎接，准备好了低伏
在寒冷和考验来临之际，叶子和果实
纷纷离开枝头，裸露的身体
从最深的内部弯成弓形
绝无尖锐的箭簇，只以半圆的姿态
预备卸掉迎面而来的大部分冲击
江水不动声色，没有飞沫和浪花
一块上游漂来的圆木，眨眼之间
已经游出去很远，时代以整体的位移

给轻视者和观望者以不留痕迹的震撼

## 不朽

/ 江离

一个寒冷的早晨，我去看我的
父亲。在那个白色的房间，
他裹在床单里，就这样
唯一一次，他对我说记住，他说
记住这些面孔
没有什么可以留住他们。
是的。我牢记着。
事实上，父亲什么也没说过
他躺在那儿，床单盖在脸上。他死了。
但一直以来他从没有消失
始终在指挥着我：这里、那里。
以死者特有的那种声调
要我从易逝的事物中寻找不朽的本质
——那唯一不死之物。
那么我觉醒了吗？仿佛我并非来自子宫
而是诞生于你的死亡。
好吧，请听我说，一切到此为止。
十四年来，我从没捉摸到本质
而只有虚无，和虚无的不同形式。



## 这些玉米

/ 张凡修

这些玉米爬上了房顶
是母亲装，父亲举，我抻着绳子拽
这些玉米，就可以叫粮食了
这些玉米长在地里叫庄稼

这些玉米还叫种子的时候
搅在一车又一车的驴粪里入土
胶皮轱辘压，黑驴蹄子踩，青石磙子碾
一场小南风儿吹过，一场小春雨儿下过
这些玉米拱翻了土坷垃
伸胳膊蹬腿地蹿，开始叫秧苗的这些玉米
费父亲的神，操母亲的心
打垄怕密了，耪草怕伤了，追肥怕少了
晴天怕蔫了，下雨怕涝了，刮风怕折了
这些玉米甩缨子，挂浆了，定粒了
父亲一遍遍跑，撕开皮掐，搓下粒嚼
终于爬上了房顶，这些玉米
母亲开始褪秸秆上的叶子，这些玉米
叶子火软，是烙饼、摊鸡蛋的好引柴
秸秆的火硬，母亲一捆捆绑扎
垛上垛，用两头拴着砖头的绳子系起来
终于叫粮食了，这些玉米
玉米挤着玉米一层层叠一层层垒
把沉甸甸的房顶压住，父亲挨着母亲打着的呼噜

## 山顶与蝴蝶

/ 于贵锋

来自山脚大河边的某棵树，一座公园？
还是山腰国学馆、文溯阁明亮的空气？
或者原本就在旁边，规整中透着
野生气息，大禹行踪促生的一条长廊
相伴的园林？一只黑斑黄蝴蝶在一小片
秋英中飞来飞去。看了很久。像是终于
意识到这就是多次爬到山顶的收获。
大河是另一种方向，知识有自己的偶像
——山水的学生，不辩论，不交流

端坐在自己的位置上。也有几乎固定的
秩序：人与人世；思与思想；神与神迹。
都有自己的眼界。互有交叉。互为彼此。
像河流的南岸与北岸；学术的东西；
行动与神话。这是深秋，在山顶
风吹一阵停一阵，蝴蝶在阳光中依然
喜欢花，与一个人内心升起的事物
似有所不同，似乎在生命中相连。像
长与短，其实也就是轻与重。彼此相对
彼此依存。说不清但很透明。很累但又
喜欢。甚至那些过往的痛里面
也生出一些喜悦。蝴蝶飞着，几乎觉得
它是有意靠我那么近。很想把胳膊伸进
秋英中，变成枝条上的花，但只是想想。
想已经是收获，想象力就是心的能力



## 凝视

/ 黄金明

有海上日出也有海上日落。他在无数次凝视中
得出了结论：这两个着了火的轮子
它的升起及下沉
交替带来了昼与夜。火灰中煨熟的绿蝉
曾在龙眼树和苦楝树上鸣叫
在六月，苦楝树的果实比龙眼
更像是盲人的假眼珠（苦楝果，有毒
可入药，不可食用）。永远有水鸟
在海域上盘旋，永远有鱼群在水底秘密集结
少年手执鱼叉，在海中猎获过
龙趸鱼和管角螺。每次潜入海水
他都像赤脚踩上坚实而略显倾斜的天穹
蓝色波涛上铺设着浪花的铁轨

而从无一列火车胆敢穿行（穿越海底隧道的列车
犹如一个白日梦患者
分不清他所爱少女体内的昼与夜）
三十年了，当他返回海滨小镇
伫立着，等待着，他不是偶然路过的旅客
而是望眼欲穿的小站。

## 我爱这琐碎的生活

/ 一度

习惯了琐碎的生活，一日三餐的菜单
就是随手写下的一首诗
在铁锅里，和滚油一道翻炒
一个个早晨，像飞出去的一只只鸟
上午，我想穿过那片杨树林
高高的树梢，还挂着鲜亮的露珠
午睡后，花园就那么空着
长椅空着。像稿纸上空着的一句话
所有的人都在忙碌
只有一抬头，就能看到你们崇高的理想
在天边越来越远

## 大河拐大弯

/ 王夫刚

黄河决定拐一个大弯而不告诉我们
拐弯的理由；若尔盖
决定修一部手扶电梯
把我们送到高处替旅游站台——
献给河流的尖叫和掌声
当着河流的面说出来
才算完整。黄河决定拐一个大弯

而不告诉我们拐弯的
理由，但同意我们在观景台上
指点江山：寺庙这样
草地那样，远处雪山
这样或者那样。黄河
决定拐一个大弯而不告诉我们
拐弯的理由，我们决定
收回我们的坏脾气
让抽刀断水的游戏
在一部跟黄河有关但它从未使用过的
手扶电梯上，充满受挫的感觉

## 放生羊

/ 李壮



羊毛茂密垂地，羊角因成熟而后卷
还有丝带在两角间飘动
这是一只放生羊

从人群中，放生羊选中了我
在我的大腿上亲昵地蹭着
——从脸颊，到额头，再到光滑的羊角

仿佛在表达惬意
它的小尾巴急促地甩动
以这种方式，它承认我是一个好人
而我承认它是一头好羊

我猜，它一定发现了我俩之间
某些重合的部分
方才在村落里喝甜茶时
藏地的气息已浸透了我

装扮又恰好酷似同类
我的米色外衣与褐色长裤
与它完全撞衫

而另外一些重合，或许更加深刻：
它和我都被放生在这世界上
带着未昭示的理由

它和我都被养育在这世界上
带着美好的愿望

田华

《白天鹅》

纸本水墨

45cm × 68cm

2020 年

# 评论与随笔

# 现代新诗的国家想象：从“地图中国”到“土地中国”

/ 段从学



在“未来才是一切”的现代性条件下，不是所谓的“传统本身”，而是对未来的期待和想象,引导着我们建构出“现代中国”,进而“发明”了“现代中国”的传统。在此之前,并没有一个“自古以来”就在那里的“中国”摆在面前,供我们自由咏叹,随意抒情。明乎此，就没有必要在“传统 / 现代”之间来回折腾。真正的问题是：在介乎期间的过渡时代里，我们怎样想象和“制造”民族—国家，重构个人与“现代中国”的生存论关联?

这个问题，实际上是安东尼·吉登斯所说的人类社会从过去时态的实在经验引导，向未来时态的抽象系统引导转换的一个重要组成部分。即便冒着大幅度简单化的风险，将话题限定在本尼迪克特·安德森所说的“印刷资本主义”如何想象和“制造”现代民族—国家的问题上，仍然面临着“印刷资本主义”清单不断扩大，比重不断降低的“现代文学”越来越不足以阐明相关问题的困境。而中国新诗，似乎又是“现代文学”当中“资本”色彩最淡，“制造”现代民族－国家的生产能力最弱的一环。

不过，我们的目标既然不是全面深入的历史梳理，而只想借助一些或许不够系统的典型案例揭示出问题之所在，引起进一步的关注和讨论，则“资本”色彩淡薄的中国新诗，或许更能切近抽象系统的基本特质，避开社会历史经验实在论思路的干扰。为此，本文索性就从最抽象的地图开始，以闻一多、中国诗歌会和抗战时期艾青等为线索，粗枝大叶地尝试着清理一下抽象的地图学知识如何引导和塑造我们的想象力，让我们“看见”了民族—国家的整体形象，并据此反过来重新建构个人与“现代中国”的生存论关联,澄清我们讨论相关问题的现代性前提。

## 一

“人总是倾向于把他生活的小圈子看成是世界的中心，并且把他的特殊的个人生活作为宇宙的标准。”所以很自然地，以自我为中心，从周围的切身经验出发，逐次向外延伸，也就成了古代中国知识人想象和建构“天下”秩序的基本方式。[1]众所周知的《国语·周语》“五服”说——“邦内甸服，邦外侯服，侯卫宾服，蛮夷要服，戎狄荒服”，《周礼·夏官·职方氏》的“九服”说——“方千里曰王畿，其外方五百里曰侯服，又其外方五百里曰甸服，又其外方五百里曰男服，又其外方五百里曰采服，又其外方五百里曰卫服，又其外方五百里曰蛮服，又其外方五百里曰夷服，又其外方五百里曰镇服，又其外方五百里曰藩服”——就是这种基本方式的经典表述。帝王的身体在哪里，哪里就是“天下”的中心之所在。李白脍炙人口的“地转锦江成渭水，天回玉垒作长安”(《上皇西巡南京歌》)，就发生在这个以帝王身体为中心的“天下”模式里。[2]不同的封建王朝,各有自己的“南京”“东京”,也是同一模式的历史产物。儒家理想中的“修身、齐家、治国、平天下”,同样是暗中复制这个模式,表达了从个人身体出发来想象和建构“天下”秩序的“内圣外王”政治理想。

历史当然不可能按照理想范式发生和展开。理想范式之为理想范式，就在于它从来没有，也不能成为历史，并因此而反过来不断诱惑着一代又一代的形而上



[1] 有必要再次予以说明的是，站在近代欧洲内部来考察古代中国的知识人，往往认定这是中国所特有的想象和建构世界秩序的方式，“中国”一词，甚至被特别凸现出来，成为这种倾向的可笑标签。但事实上，欧洲同样也经历了“欧洲中心”的世界秩序到同质化世界秩序的现代性转变。在此之前，欧洲知识界同样也生活在这种带有人类学本体性质的虚幻而充满了荒诞气息的“欧洲中心”世界里。法国历史学家雅克·勒高夫《中世纪西欧与印度洋：一方梦想天地》(见氏著《试谈另一个中世纪》，周莽译，商务印书馆，2014)一文，对此有精彩论述。

[2] 沈祖棻分析说，长安本在渭水之滨，玉垒是成都附近的山，锦江则是流经成都的水，但随着“上皇”唐玄宗的到来，天回地转，“所以锦江也就成为渭水，玉垒好比长安”，成都也就俨然而为长安，锦江随之一变而为渭水了。见氏著《唐人七绝浅释》，河北教育出版社，2003年版，第47页。

学追随者，生产着随之而来的头盖骨碎片。也不能说这种想象和建构“天下”秩序的方式自建立以来就一成不变，[1]但总体而言，只有在“现代中国”同质化的“世界”观占据支配性地位后，中国知识界才摆脱了这种想象方式。

我们看到，早在1898年，皮嘉祐就在启蒙通俗作品《醒世歌》中，表达了新式知识分子在世界地图（包括地球仪）引导下“看见”的“新中国”形象：“若把地球来参详，中国并不在中央。地球本是浑圆物，谁居中央谁四旁？”但直到1936年，穆木天仍然对中国新诗表示了强烈的不满。在他看来，诗人们仍然没有摆脱小市民的个人感情天地，挣脱公式主义、形式主义的束缚，创造出合乎其理想的《我们的诗》：

我们应该是全民族的回声，
洪亮的歌声要震动禹域，
全民族危亡的形象，
要一一在我们心中唤起。



我们的诗，要颜色浓厚，
庞大的民族生活的图画，
我们的诗，要声音宏壮，
是民族的憎恨和民族的欢喜。

1943年，朱自清的《爱国诗》，也表达了同样的意见。一方面，他高度赞扬了闻一多，说“抗战以前，他差不多是唯一有意大声歌咏爱国的诗人”。一方面，又对抗战新诗缺乏关于“理想的中国”的书写和创造表示不满，号召诗人们表现抗战之外，更“创造一个新中国在他的诗里”。也就是说，在朱自清眼中，包括闻一多、穆木天等人在内的诗人，都未能在中国新诗中创造出“理想的中国”形象，中国新诗的“建国问题”，仍然是“未完成的现代性”工程。

《我们的诗》的空洞和粗糙，使穆木天的呼吁很自然地遭受到了“美学正确性”

---

[1] 为了论述问题的方便，本文暂不涉及古代性“天下”模式的历史复杂性，将其最大限度简单化为一个未来凸显现代性“民族—国家”的核心特质而临时设定的“反射镜”。这种简化带来的双向遮蔽，也暂时一并悬置。

的排斥，变成了漫画式的反讽。但如果不把它当一首诗来欣赏，而是当作一篇诗学论文来阅读的话[1]，穆木天与朱自清之间，其实并不存在鸿沟。在《爱国诗》之前，朱自清还撰写了《诗与建国》，专门讨论新诗如何参与“抗战建国”视野，创造中国自己的“现代史诗”的问题。文章的前半部分是理论探讨，后半部分赞扬杜运燮刚刚发表的《滇缅公路》，认为这首诗在艺术上虽然还有欠缺，但代表了抗战新诗正确的努力方向，不失为书写建国题材的“现代史诗”代表作。朱自清特地标举出来，用以赞扬《滇缅公路》的关键词，同样也是“全民族”。

这里不是要绑架朱自清，来替后者解围。穆木天本人就曾有过不少浑身上下洋溢着“美学正确性”的象征主义诗作，留下了《谭诗》等主张“纯粹诗歌”的论文。在我看来，两人对中国新诗未能抓住“全民族”形象和感情的不满，以及由此而发出的期待和号召中，隐含着一个共同的现代性“倒转”。简化到极致，这个“倒转”就是我们所说的传统经验实在论引导，和现代性抽象系统引导机制之间的转换问题。

## 二



正如上文所说，以个人身体为中心，逐次向外延伸以想象和建构“世界整体”，并不是简单的思想类型，更不是现代线性时间轴线上的“先进 / 落后”问题。对大地上的人类来说，这是一种再自然不过的认知模式，属于维科所说的人类认识论公理之一。用今天的眼光来看，“中心清晰而边缘模糊”的古代中国“天下”模式，显得那样不可思议地充满了“中国特色”，但它实际上不过是以立足于大地上的观察者为中心，“仰以观于天文，俯以察于地理”（《易 · 系辞上》）的认知能力随着空间距离的增长而减弱的自然结果。在欧洲，直到 18 世纪晚期，通常的地图上标志出来的内容，仍然局限于那些外在的，即人类眼睛能直接感受到的内容，或者具有特别重大军事和政治意义的现象，与泰国学者东猜 · 维尼察古发现的同一时期的泰国地图别无两样，表征的也还是循着“双眼视线的角度”，通过逐次向外的水平延伸所能“看见”的“世界整体”形象。

---

[1] 陈惇、刘象愚两人就认为，这首诗和穆木天的不少诗作，都是“诗体的诗论”，不是通常意义上的诗歌作品。参见陈惇、刘象愚：《编后记》，《穆木天文学评论选集》，北京师范大学出版社，2000 年版，第 465 页。

理论上，就像通过对个别经验完全、充分的归纳，我们终将能够得出普遍有效的真理一样，循着这个以帝王身体为中心逐次向外延伸的空间链条，人类同样能够穷尽地球表面，依靠实体地点与实体地点之间的相对位置，建立起自己的“世界整体”。但人类身体的自然属性，决定了个别归纳到普遍真理之间，总是横亘着永远无法弥合的鸿沟。只有闭上眼睛，冒着“致命一跃”的认识论风险，把从有限的归纳中获得的结论，强行当作充分归纳获得的结论接受下来，我们才能拥有自以为是的“普遍真理”——事实上的“相对结论”。同样的，帝王的身体和王朝实际上所能有效控制的范围，决定了只有放弃对精确性的要求，我们才能建立起自以为是的“世界整体”。用今天的“世界观”来衡量，这样的“世界整体”，充其量不过是一块相对较大，而且往往非常脆弱而不稳定的“地方性”空间而已。但正如人类总是习惯于把历史性的“相对结论”当作“普遍真理”那样，生活在古代“地方性”空间里的人们，总是大胆而放肆地相信自己掌握了“世界整体”。而且，认定自身的生活世界，恰好就是“天下”的中心。

直到现代性降临之后，这一切，才发生了根本性的“倒转”。



具体而言，阿伦特所说的三大开端性事件中的两件，即美洲的发现和对整个地球的开发，以及望远镜的发明和一种从宇宙角度来看待地球自然的新科学的发展，是促成这个根本性“倒转”的根源。除此之外，在吉登斯的视野中不甚重要的世界地图[1]，在本文的论域中，也是不可或缺环节。综合阿伦特、吉登斯两人的相关分析，就是：望远镜的发明，提供了一种从宇宙学的角度，而不是从地球上的观察者身体出发来看待我们的生活世界，勾勒和描绘真正意义上的“世界整体”图像的可能。借助这个地球之外的功能性观测点，人类摆脱了观察者身体属性的限制，运用现代透视法，以抽象的——从实在论的角度来看并不存在——的经度和纬度之间的固定关系，而不是以实体性的地点与地点之间的相对关系为坐标，绘制出了今天的我们习以为常的世界地图。

美洲的发现，则证实了根据对未来可能性的想象勾勒出来的“图像符号”，在引导人们发现相应的“真实世界”方面的巨大成功。西方探险家的成功，改变了在既有实在经验的支撑下探寻“新世界”的进展缓慢而效率低下的传统途径，证实了通过对未来的想象建立起来的抽象系统引导下探寻“新世界”的有效性。它

---

[1] 安东尼·吉登斯：《现代性的后果》，田禾译，译林出版社，2000年，第17页。又，本文所说的对抽象系统的信任问题，采纳的也是吉登斯的相关论述及分析框架。

在普通大众中，激起了对未来“新世界”的广泛而持久的热情，把对未来抽象系统——具体而言就是航海图、现代地图等“图像符号”的崇拜和信任，推向了无以复加的程度。[1] 价值的天平，从过去时态的实在经验，彻底倒向了未来时态的抽象知识。过去的实在经验不重要了，未来的抽象知识才是一切。在这个意义上，本雅明发现的“经验的贫乏”，可以说是“未来才是一切”的现代性态度最终完成之后的日常生活形态。

而是否信任漂洋过海传播到中国的现代世界地图，也就成了是否信任未来时态抽象系统的问题。利玛窦不得不在中国传统士大夫的压力下，修改西方通行的世界地图，以便让中国出现在“山寨地图”中央的做法，最典型地反映了以过去时态的实在经验为支撑展开的“天下模式”的压倒性胜利。上文引述的启蒙通俗诗作《醒世歌》,则清晰地表明：在皮嘉祐这里,作为抽象符号的地球仪和世界地图，已经变成了比日常生活经验更值得信赖,也“更真实”的存在。从实在论的角度看，时至今日，“若把地球来参详”这样的事件，仍然只是极少数专业人员才能拥有的“真实”经历。皮嘉祐的《醒世歌》因而不是从“真实”的日常经验，而是从信赖的抽象专业知识中引发出来的。高度抽象的符号系统和现代性科学知识，引导了作者的想象力，发明了个人的“真实感情”。

鲁迅曾在《理水》中，刻画了一位无聊的“八字胡子的伏羲朝小品文学家”的可笑形象。其无聊，其可笑，就体现在他那不知所云的荒唐言论之中：“吾尝登帕米尔之原，天风浩然，梅花开矣，白云飞矣，金价涨矣，耗子眠矣，见一少年，口衔雪茄，面有蚩尤氏之雾……哈哈哈！没有法子……”辛辣的反讽，尤其是“吾尝登帕米尔之原”一语，恰好反过来说明：在晚清以来的新式知识分子中间，从现代地图上的抽象地点出发来想象世界，已经成为一种“现代得那么俗”的套路。金天翮署名“壮游”的《国民新灵魂》中的这段话：“吾登昆仑之山巅，溯黄河之流域，求吾神圣祖宗黄帝之遗烈，风后力牧之余勋。战胜蚩尤，驱除蛮族，扩张势力，以遍树吾都兰民族之旗，虽残碑碎瓦，蔓草荒烟，而鬼雄犹啸，风马时来，龙驾帝服，须髯戟张，短缩三千年之时间，影响去人，若是其未远也；然吾国民之魂，乃不可得而闻矣。”当时的普通读者，在《文化偏至论》的作者眼中，显然



[1] 从今天的眼光来看，美洲的发现是一次“错误的发现”，由此激发出来的对未来新世界的广泛而持久的热情，更是充满了复杂而吊诡的历史变数。这里大而化之，很大程度上是未来方便行文，而不是分析其历史进程。

不可能像《理水》中所写的那样荒唐可笑。我们看到，尽管“吾尝登帕米尔之原”一类滥调早就遭到了《理水》的嘲讽，穆旦仍然在《合唱二章》中固执地请求“让我歌唱帕米尔的荒原”。

说到底，这不是传统实在论意义上的“真实”问题，而是中国现代新诗“想象中国”的诗学范式和动力学源头的现代性转换问题。具体说，就是作为抽象系统的地图如何取代传统的实在经验，引导我们建构“现代中国”的整体形象，持续不断地生产出“真实”的爱国主义感情的问题。

## 三

回头来看穆木天、朱自清的不满，就很清楚了：在他们看来，中国新诗仍然未能摆脱以身体为中心的“天下”模式，真正从现代性抽象系统的引导的角度来想象和建构“现代中国”。

朱自清的批评比较明确。抗战之前，中国新诗的问题在于“跑得太快”而忽略了国家，钻进了诗人“自我”的圈子。他说：



> 辛亥革命传播了近代的国家意念，“五四”运动加强了这意念。可是我们跑得太快了，超越了国家，跨上了世界主义的路。诗人是领着大家走的，当然更是如此。这是发现个人发现自我的时代。自我力求扩大，一面向着大自然，一面向着全人类；国家是太狭隘了，对于一个是他自己的人。于是乎新诗诉诸人道主义，诉诸泛神论，诉诸颓废的和敏锐的感觉——只除了国家。

抗战以来，“我们的国家意念迅速地发展而普及，对于国家的情绪达到最高潮。爱国诗大量出现”。但大多停留在具体的实在经验上，“以具体的事件为歌咏的对象”，缺乏应有的理想色彩：

> 具体的节目太多了，现实的关系太大了，诗人们一方面俯拾即是，一方面厉害切身，没有工夫去孕育理想，也是真的。他们发现内地的美丽、民众的英勇，赞颂杀敌的英雄，预言最后的胜利，确是尽了最大的努力。但我们的抗战，如我们的领导者屡次所昭示的，是坚贞的现实，也是美丽的理想。

> 我们在抗战，同时我们在建国：这便是理想。理想是事实之母；抗战的种子便孕育在这个理想的胞胎中。我们希望这个理想不久会表现在新诗里。诗人是时代的前驱，他有义务先创造一个新中国在他的诗里。

穆木天的观点，在很大程度上受到了文体形式的限制，从“新诗”的角度看来空洞无物，只能算是标语口号的堆砌，从“诗论”的角度来看，又只能算是简单的提纲。但如果不拘泥于具体术语，不纠缠于具体历史内容的话，《我们的诗》的矛头指向，还是明确的：第一是吟咏小市民的悲哀，表达都市生活的虚无感的现代派诗人；第二是内容空洞，不能真正抓住现实形象的形式主义者。合而观之，可以说，穆木天所反对的，是囿于个人情感天地，满足于在不及物的“诗文学”形式之内自言自语的“歌喉”。有了袁可嘉对公式主义感伤的批评之后，我们很容易就能看出来：个人“真实”感情的书写和表达，完全有可能在文学风气和时尚的支配下，沦为空虚的情感形式主义。文学风气和文学时尚，通过自己的形式，制造和生产出了个人的“真实”感情。

至此，我们实际上可更进一步，将《我们的诗》简化为：要求打破以个人“真实”情感和经验为满足的形式主义诗风，唤起“强大的民族的气息”“火热的民族的意志”和“敌忾的民族的现实”。既然有待于《我们的诗》来“唤起”，则“强大的民族的气息”“火热的民族的意志”“敌忾的民族的现实”等等，不用说都不是眼前的“真实”经验，而只能是未来的理想状态，即朱自清所说理想的“新中国”。反过来，朱自清一再强调的“诗人是领着大家走的”“诗人是时代的前驱”等语，也在《我们的诗》里得到了更清晰的印证。

安德森曾把现代印尼作为“一个良好而痛苦的例证”，讨论现代地图如何渗透到群众的想象中，激发出强烈的民族感情并引导了他们持续不断地争，最终“制造”出了自己的民族—国家的问题。安德森强调：不是“亲眼看到”、实地“造访”这样的实在事实，而是作为抽象符号系统，且来自外部的“识别标志地图”，引导了人们的想象，激发出了历史中源源不断而“真实”的民族主义感情，“制造”出了现代印尼这样的实在事实。

事实上，不仅原本一片“空无人烟”的地方存在安德森所说的“无中生有”，经由地图发明和建构实在事实的问题。如上文所说，现代人在其日常生活中，事实上不可能“亲眼看到”或“造访”自己生活于其中的民族—国家“整体形象”，而只有通过传统实在论意义上“不存在”的地球之外的天文望远镜赋予自己的抽象视角，才能清晰地“看见”地球，“看见”自己的民族—国家。以帝王身体为中心的“王朝”政治体系，是从具体的、确定的经验事实出发，逐次向外延伸来想象和建构“天下”，而同质化的现代民族—国家，则是事先从地球上抽离出来，从抽象的、假定的宇宙视点出发，由外向内一步一步由大到小，由远及近，由普遍到个别来想象和建构“世界”。套用逻辑学的术语，前者是从个别到普遍的归纳，后者是从普遍到个别的演绎；前者的“中心清晰，边缘模糊”的“天下”秩序，正是个别真实可靠而迟迟未能抵达普遍真理的对应物，后者“整体形象”清晰可见却无法在普通人的日常生活经验层面得到“真实”呈现的“世界”秩序，则是结论普遍有效而大前提的可靠性缺乏充分保证的产物。社会分工越细，知识的进步和积累越多，风险也随之越来越高的现代性风险社会特征，也可以从这里得到某种程度的解释。

就像预先接受了普遍前提，才能从中推出确定无疑的个别结论一样，只有将地图、地球仪之类的抽象符号作为确定无疑的“真实”存在接受下来之后，现代人才能“看见”地球，“看见”他生活于其中的民族—国家“整体形象”。进而，也才能根据他“看见”的这个“整体形象”来书写自己的爱国主义感情，建构未来时态的理想的“新国家”。



所以毫不奇怪的是：被朱自清誉为抗战前“差不多是唯一有意大声歌咏爱国”的诗人闻一多的爱国主义诗篇——如“有意大声”四个字所示，也和穆木天及其中国诗歌会同人“制作”的新诗歌一样，都是从抽象的概念和符号开始的。他们的民族—国家“整体形象”，以及相应的爱国感情，实际上都是被“地图中国”引导和“制造”出来的。唯其如此，他们也才真正从现代意义上“看见”，进而开始了创造未来时态的理想“新中国”的现代性书写。

## 四

在“现代文学”已经历史化了的今天，我们其实不难观察到：在如何想象和建构“现代中国”这个维度上，以郁达夫所说的“个人的发现”为标志的“现代文学”，恰好并不现代。为了方便，这里再引述一下他那早已经成了常识的著名论断：

五四运动的最大的成功，第一要算“个人”的发现。从前的人，是为君而存在，为道而存在，为父母而存在的，现在的人才晓得为自我而存在了。我若无何有乎君，道之不适于我者还算什么道，父母是我的父母；若没有我，则社会、国家、宗族等哪里会有？

很显然，郁达夫心目中的“个人”，并非通过回到自身，而是通过取而代之，将自己提升到王朝政治体系的中心位置的方式发现了自己。“古之临民者，一独夫也；由今之道，且顿变而为千万无赖之尤，民不堪命矣，于兴国究何与焉。”鲁迅的批评，刚好可以用在这里。就是说，郁达夫虽然颠倒过来，将“个人”抬高到一切价值的中心，取代了此前一直由帝王身体占据的位置，但并没有打破以身体为中心逐次向外延伸的传统“天下”想象模式。

其次，在情感生成机制上，郁达夫秉承的是过去时态实在经验驱动论，而非本文所说的未来时态的抽象符号引导论立场。五四新文学中的“创作”观，以及主体“源泉”说[1]，在很大程度上就是通过郁达夫、郭沫若等创造社同人的鼓吹而广泛流行开来，最后反过来固定在了郁达夫、郭沫若等人的“文学形象”上。小说《沉沦》，刚好可以拿过来，作为郁达夫过去时态实在经验驱动论“创作”观的一次直观展示：主人公经过一次又一次的挫折，内心积压的愤懑和忧郁越来越多，最终水到渠成地流出了真挚而热烈地希望祖国“快富起来，强起来”的爱国心声。

之所以说“并不现代”，与其历史正当性、在今天的合法性、文学的艺术性之类的问题无关。[2] 我们的意思是：这种从挫折和屈辱经验中生长出来的耻辱型爱国感情，以及作为这种感情宿主的感伤“弱主体”，实际上并不关心，也不可能参与



[1] 关于1920年代新文学中的“创作”和“源泉”论，姜涛的归纳最为精当：“在五四新文学的理念中，‘创作’二字有特别的含义，作为一种真纯的自我表现，它不仅应超脱现实的功利，还应该是一种自发性、独创性的行为，让作者能够沉浸其中，体验到创造性的快感。这种意识也可以转变为一种颇具浪漫色彩的‘源泉’说：文学之创造源于真挚感情的表达，那么作为源头活水的内在自我，也应该有一种自发性的特征，它不断汲取各种养料，变得丰富充盈，在创作时就会主动喷涌。”见氏著：《公寓里的塔：1920年代中国的文学与青年》，北京大学出版社，2015年，第188—189页。

[2] 笔者曾在《〈沉沦〉里的个人、欲望与民族国家》（载《现代中国文化与文学》第17集，巴蜀书社，2015年）一文中，对上述问题作过分析，可参看。

想象和建构“现代中国”的现代性工程。他们是等待着祖国前来解放自己的“弱主体”，而不是主动参与“制造”祖国的责任型自豪主体。对他们来说，“祖国”是一个已经在那里了的现成之物，而不是我们所说的有待于“现代文学”参与想象和建构的未来时态的理想的“现代中国”。——“祖国”和“现代中国”两个词语，从字面上暗示了这一点。正因为是那个已经在那里了的“祖国”不够强大而“害死”了自己，所以，《沉沦》的主人公才会反过来，呼吁祖国“快富起来，强起来”，以母亲或父亲的身份去解放像自己一样“受苦”的儿女们。

闻一多当然也有《洗衣歌》这样表达国人在海外遭遇的屈辱经验的作品，但仅昙花一现。在称赞“爱国的诗人”闻一多的时候，朱自清其实并没有把《洗衣歌》当作爱国诗来看：“他歌咏爱国的诗有十首左右；《死水》里收了四首。”结合上下文来看，《死水》里的“爱国诗”，显然只能是《一个观念》《发现》《祈祷》《一句话》等四首。四首诗中，都贯穿了理想的“咱们的中国”，与眼前的实在经验之间的紧张关系，并且用理想的观念重新组织“咱们的中国”的历史，创造出了拥有“五千多年的记忆”（《一个观念》），由尧舜、孔子、庄周、凤凰、泰山、大江黄河之类庄严宏伟的符号交织而成的“伟大民族”（《祈祷》）。朱自清明确指出：闻一多“这种抽象的国家意念，不必讳言是外来的，有了这种国家意念才有近代的中国”。这里，尤其是“有了这种国家意念才有近代的中国”一语，再清晰不过地表明了朱自清在新诗与“建国”问题上的立场。



如果像抛开“诗必有韵”一样，抛开文学必须“形象化”的趣味正确性问题的话，同时期的《七子之歌》《我是中国人》《回来了》《爱国的心》《长城下之哀歌》等集外诗作，反而更能说明闻一多爱国诗的现代性特质。这些作品总的说来都不是浪漫主义意义上的“创作”，不是过去时态的实在经验积压而导致的非如此不可的“涌现”，而是为了有意识地鼓吹国家主义而集中“制作”而成。如果不是因为发起组织了大江会，创办了《大江》季刊的话，上述爱国诗篇，完全有可能以另一种面目出现，甚至不一定会出现。《大江》结束后，闻一多再也没有了同类作品，可以看作是中国现代文学史上屡见不鲜的“刊物办人”“刊物生产作品”的又一个例证。“有意大声”四个字，说的就是这层意思。

以前引安德森所说的“亲眼看到”、实地“造访”为标准的话，闻一多笔下的“中国人”“长城”“七子”等等，都不是已然存在的“实体”，而是不折不扣的“想象”之物。《发现》的呐喊“这不是我的中华”，《长城下之哀歌》里的“这堕落的假中华不是我的家”等语，也一再表明：闻氏所爱的“中华”——如朱自清指出的那样，并不是已经摆在眼前的“实体”，而是一个“美丽的谎”，一个抽象的“观念”（《一个观念》）。

这绝非故意要在大白天闭上眼睛，无视中国自身悠久的历史和文明，简单地把“现代中国”归结为从“空无人烟”的地方“无中生有”地建构出来的存在。而是说：作为闻一多所说的拥有“五千年的记忆”（《一个观念》）的存在，中国同样面临着从过去时态实在经验引导的“古代中国”，向未来时态抽象知识引导的“现代中国”转换的“建国”问题。不满于眼前的“实在”事实，转而千方百计寻求“制造”一个文明富强的理想“新中国”，从来就是晚清以降现代新式知识分子梦寐以求的核心目标。对眼前“实在”事实的不满，催生了对未来“应在”状态的向往；理想中的“应在”，反过来强化了对“实在”状态的不满。两者相互发明，相互激荡，搅乱了“天下”秩序，迅速而强烈地，把拥有“五千年记忆”的“古代中国”，卷入了以“应在”规范和宰制“实在”的现代性人潮，将国家变成了有待完成的“人工制品”。

如前所述，爱国诗人闻一多所爱的，绝不是眼前的“实在中国”，而是理想的“咱们的中国”（《一句话》）。站在未来时态“理想中国”角度来看，眼前的“实在中国”更像是一个令人恐怖的噩梦（《发现》），“一沟绝望的死水”（《死水》）。而噩梦，反过来促使诗人更加强烈地向往着未来的“理想中国”，期待着“晴天里一个霹雳 / 爆一声：/ ‘咱们的中国’”（《一句话》）。两种情感，互为因果，相互激荡，构成了诗人强烈爱国情感的生产性装置。

在《发现》里，诗人其实是自己为自己设置问题和演出舞台，“追问青天，逼迫八方的风”“拳头擂着大地的赤胸”，一而再再而三地“追问”，只不过是为了捧出那早已经准备好了的结论：“你在我心里！”在普通读者看来，这样的“写法”，难免有“做秀”的成分，不那么自然。但对闻一多来说，这里的“心”，自有其“形象化”的诗性源头。这就是《爱国的心》里揭示出来的抽象符号“地图中国”，与诗人的“心”之间的形象化关联：

我心头有一幅旌旆
没风时自然摇摆；
我这幅颤抖的心旌

上面有五样的色彩。

这心腹里海棠叶形
是中华版图底缩本；
谁能偷去伊的版图？
谁能偷得去我的心？[1]

能指和所指之间的结构性断裂，决定了语言和“实在”之间，永远不可能获得同一性。所谓的“形象化”，不是符号与实在之间，而是符号与符号之间的相似性。“海棠叶形”的“地图中国”形象，从物理性质上看，确实很“像”人体的心脏。但不要说乡村民众，即便对同时代的旧式知识分子来说，这种“像”也不可能是习惯性的联想。如果必须，显然只能通过查询、阅读对他们来说非常生涩且毫无乐趣的相关“科学知识”，才能理解或回答两者之间何以会“像”。只有在闻一多这样从小接受新式教育，“校园生活”就是其“日常生活”的新一代科学“理念人”身上，这种“像”才有可能成为“自然”的、不假思索的“形象化”反应。“上面有五样的色彩”，更是今天早已经不复存在了的历史产物，而非传统实在论意义上的“实在”事实。



作为抽象符号的“地图中国”，正是在这种情形之下，成为激发和源源不断地生产闻一多爱国感情的知识媒介，让诗人“看见”了事实上不可能，也不曾“目睹”的中华民族的整体形象。他的《七子之歌》，实际上是根据抽象的“地图中国”发明了整体性的“中国形象”，进而将整体与部分的关系附会到母亲与子女之间的血缘关系上，“制造”出了爱国主义——确实有点“主义”——感情。写台湾的“我们是东海捧出的珍珠一串”，广州的“东海和硇洲是一双管钥，/我是神州后门的一把铁锁”，等等，可以想见都是身居美国的诗人面对着“地图中国”反复推敲得出来的词句。

一定要强作归纳的话，让诗人得以超越个人身体的观察能力的限制，从以“实在”经验为根基的“天下”想象模式中挣脱出来，“看见”了“现代中国”的整体形象，可以看作是“地图中国”在打破束缚，“解放”诗人想象力，激活现代新诗

[1] 要说明的是，由于历史的原因，闻一多这里，以及下文还将提及的穆旦等人所说的海棠叶形，或者心形的“地图中国”形象，与我们今天熟悉的俗称雄鸡形的中国地图有所不同。

社会文化功能方面所发挥的功效。——再简单粗暴点说，就是“反传统”的功能。

不过，正如我们反复强调的那样，在“未来才是一切”的现代性机制里，“反传统”也只能从对未来的积极性想象这个角度，才能得到恰当的理解。仅仅有“实在”经验事实的压迫，并不足以催生“反传统”的行动。“取而代之”，也是摆脱眼前压迫的一种更合乎人性的“自然”反应。中国历史上无数次的“王朝”更替，充分证明了这一点。在五四新文化人的历史图景中，不是“实在”事实的压迫，而是“应在”的未来理想目标，催生了打破束缚的“反传统”。不是因为简单的不满而打破，而是为了根据未来的理想目标重新“发明传统”而打破，这才是“反传统”得以发生的根据。至于历史有没有按照逻辑展开，那是另一回事。但我们必须承认这样的事实：重新“发明传统”，乃是“反传统”的逻辑前提。

所以很自然地，“地图中国”在打破空间限制，让诗人“看见”事实上不可能“亲眼看见”的“现代中国”清晰而具体的整体形象的同时，也打破了时间限制，把中国历史变成闻一多心中的“五千年底记忆”，变成可以根据理想的“新中国”模型来重新整理和组织的抽象符号。收入诗集《死水》的《祈祷》，和集外的《我是中国人》，一问一答，刚好为我们提供了诗人如何根据未来的理想目标，重新组织“五千年底文化”，发明中国——即“现代中国”——历史的最好例子。



《祈祷》是问，但一唱三叹的低回婉转，却又明明白白地托出了早已经蕴藏在诗人心里的“理想答案”。这个“理想答案”导致了困惑和“问题”，又给定了最终的“答案”。诗人真正要问的是：理想的“中国人”，理想的中华民族，究竟应该什么样？一个拥有“尧舜的心”“荆轲聂政的血”，拥有来自“河马献来的馈礼”“九苞凤凰的传授”的智慧，拥有“戈壁的沉默”和“五岳的庄严”，而“大江黄河又流着和谐”等品质的“中国人”，显然不可能是具体鲜活的生物个体，而只能是理想“中国人”，即闻一多心中伟大而庄严的民族形象。所以毫不奇怪的是，诗人问的是“谁是中国人”，但要求却是“请告诉我这民族的伟大”。

或许是因为《祈祷》本身已经包含了“理想答案”，《我是中国人》也就成了多此一举的蛇足，被闻一多排除在了《死水》之外。但对我们来说，诗人亲自撰写的这个长篇“理想答案”，更能够说明“地图中国”如何打破了时间限制，让闻一多得以从容自如地组织自然事实、神话传说、历史人物等元素，为“现代中国”建构出了辉煌灿烂的“五千年底历史”。我们都知道，“海棠叶形”中国版图，不是一开始就凝固了的存在，而是历史的产物。《我是中国人》却倒过来，根据“海棠叶形”的中国版图所赋予的眼界，开始了“理想答案”的书写，认定地球最高处的“帕米尔便是我的原籍”，将只有在现代地理学——而且是来自欧洲的现代地理学知识中才能辨认出来的“亚洲大陆”“昆仑山坡”“广漠的太平洋”等符号，当作了“中国人”一开始就拥有的本源性存在、“黄帝底神明血胤”。“海棠叶形”的现代中国版图，干脆点说，是闻一多《爱国的心》，“凿空”了中国历史中无数次王朝更替带来的变化，把“五千年底历史”变成了免受历史事实干扰或污染，可以任由诗人支配的纯粹“空洞时间”。

在此基础上，诗人才得以回过头来，“遗忘”了令人不愉快的杀戮、暴君、投降等历史存在，精心挑选“优美的风俗”“五岳一般的庄严正肃”“春云的柔和，秋风的豪放”，以及孔子、庄周、尧、舜、黄帝、神农等，在“海棠叶形”的画布上自由挥洒[1]，创造出了“中国人”，也就是“五千年底历史”铸造而成的中华民族光辉灿烂的伟大形象：



我们是一条河，一条天河，
一派浑浑噩噩的光波——
我们是四万万不灭的明星，
我们的位置永远注定。

伟大的民族！伟大的民族！
我是东方文化底鼻祖，
我的生命是世界底生命，
我是中国人，我是支那人！

闻一多其实非常清楚，这里的“中国人”，既不是眼前的“实体”，也不是历史中的真实存在，而是“将来五千年底历史”大舞台上的主角，是未来的理想“中国人”。但这个根据“地图中国”给定的眼界和想象方式建构出来的理想“中国人”，却清晰地指示了“现实中国”和“理想中国”之间的鸿沟之所在，成为现代爱国主义情感的生产性机制，成为中国新诗想象和建构“现代中国”的动力源泉。

[1] 顺便一说，注意闻一多作为画家的“专业身份”，以及他的唯美主义美术趣味或许有助于我们更好地理解他面对“地图中国”的想象方式和写作姿态。

## 五

在讨论“海棠叶形”中国地图，与人体生理之“心”的相似性问题的时候，我们已经看到：所谓的“像”无关乎符号与实体，而是取决于诗人对符号系统的熟悉和信赖程度。对不熟悉，更不信赖现代地图的旧式知识分子来说，这种“像”根本就无从谈起。但在长期浸淫在新式学校、抽象的科学知识就是“日常生活”的闻一多这里，这种“像”，与古人所说的“俯拾即是，不取诸邻”（司空图《诗品》）一样，完全就是一种不假思索的“自然现象”。穆木天们关于“全民族的危亡的形象”“庞大的民族生活的图画”的书写，也应该抛弃“目睹”的传统经验论立场，放在这个层面上来考察。

他们笔下的“现代中国”整体形象，实际上也是被“地图中国”发明出来的。马甦夫的《中国》，完全可以看作是对闻一多的模仿和因袭。“我们要在人类的前头诞生”“唱起赞歌来歌颂你的新生”等诗行里的时间意识，显然就是从《我是中国人》那“将来五千年底历史”中脱胎出来。所以《中国》不仅同样致力于重新组织和发明“古文明国”的辉煌，而且在具体的意象、用语等方面，也与闻一多“有意大声”制作的诗篇暗通款曲：



是的！祖国：
你有三千多年的春秋，
太阳与星球就是你最久的亲友。
亚细亚广漠上的你，你所拥有的河流——
是和尼罗河恒河的金光相互辉映过
那万里长城，那贯通南北的运河……
却是你古文明国最有力的歌颂！

是的！祖国：
你有五岳的壮观，
你有那天然屏障的昆仑，
你有旷野，有伟大的平原，

有灌溉田园三大河流的水量，
在地球的经纬度上
你也沾有最温暖的阳光。

在和宇宙自然时间比拟中夸耀悠久的历史，诉诸自然地理环境，精心挑选意象以建构“祖国”庄严形象等方面，后出的《祖国》并没有逾出《我是中国人》的轨辙。《七子之歌》那种罗列“地图中国”上的实有地点的手法，也被中国诗歌会同人发扬光大，变成一种普遍性的手法。蒲风《我迎着风狂和雨暴》《钢铁的海岸线》、田间的《给战斗者》就是其中典型。

很显然，我们不能忽视，甚至有意识地“遗忘”掉“中国新诗”的历史前提，简单地从诗歌艺术的角度来看待这种模仿和因袭。我们看到，不仅马甦夫、蒲风、田间等现实主义诗人，公认的现代主义诗人穆旦的《赞美》《合唱二章》，唯美主义诗人汪铭竹的《中国与海》[1]，等等，也都没有逾出闻一多的轨辙。再往后说，悠久的历史、壮丽的自然地理环境、精心挑选意象筑造“祖国”的伟大与庄严，不也就是通行的爱国主义教育基本内容吗？



只能说，闻一多“发明”的想象和建构“现代中国”的基本范式，本身就植根于由多重因素、多元动力交织而成的“现代中国”总体历史进程，是一种带有历史普遍性的文学书写。在“现代中国”的整体形象已经被“地图中国”牢牢固定下来之后，包括中国现代新诗在内的整个中国“现代文学”，显然不可能舍此而另外“发明”自己的“中国形象”。再者，新式教育的推广和普及，也越来越多地把包括地理学在内的现代科学知识，变成新诗写作者们共同分享的“日常生活”经验，进一步巩固和放大了闻一多“发明”的书写范式的普遍效用。

在这个意义上，层出不穷的模仿和因袭之作，恰好表明了以“地图中国”为引导的想象和建构“现代中国”书写模式的完成。唯其已经完成，他才变成“中国新诗”，尤其是穆木天及其中国诗歌会同人“新诗歌”之“新”的无意识前提，使得他们沿着未来抽象知识引导的方向，彻底颠倒了传统实在论立场，把能够“亲眼看见”个人生活世界和切身经验，也变成被抽象知识再次“发明”或重新组织而成的对象。

---

[1] 关于《中国与海》一诗的分析，可参见拙著《中国·四川抗战新诗史》，中国文联出版社，2015年，第75—77页。

我们看到，在闻一多笔下，“家乡”和“祖国”是完全不同的范畴。“祖国”是现代性抽象知识体系里的范畴，是在“地图中国”的引导想象和建构出来的。而“家乡”，则是传统实在经验论里的范畴，是以切身经验为基础“描绘”出来的，个人可以“亲眼看到”的存在。《故乡》的创作和发表时间，与《我是中国人》等爱国诗前后相差无几，无论从哪方面来说都是同一时期的作品，但写法却完全不同。如前所述，爱国诗里的意象，都是根据未来“理想中国”的标准精心挑选出来的非“实体”性质的存在。而《故乡》，则完全是眼前的“现实生活”里能够触摸到的真实之物，比如第四节：

我要探访我的家乡，我有我的心事：
我要看孵卵的秧鸡可在秧林里，
泥上可还有鸽子的脚儿印“个”字，
神山上的白云一分钟里变几次，
可还有燕儿飞到人家堂上来报喜。



以及第十，即最后一节：

我要看家乡的菱角还长几根刺，
我要看那里一根藕里还有几根丝。
我要看家乡还认识不认识我——
我要看坟山上添了几块新碑石，
我家后院里可还有开花的竹子。

但在中国诗歌会同人这里，“故乡”也和“祖国”一样，变成了被未来时态抽象知识，尤其是被“地图中国”重新“发明”出来的符号体系。杨骚以八股笔调“硬写”出来的《福建三唱》，为我们提供了一个生动的例子。

这首诗其实也是自问自答，根据早已经准备好的“标准答案”而“喂给”相应的问题，最终通过表面是二人对话，实则唱独角戏的方式，把诗人不可能“亲眼看见”存在，和眼前的“故乡”糅在一起，转化成“地图中国”里的抽象符号。诗中真正发挥作用的，其实是将虚构的提问者和回答者联结在一起的“地图中国”。

是“地图中国”的同一性，让诗人的否定获得了张力，以“不是”和“没有”的否定性方式将诗人的“故乡”和已经沦丧了的东北，铆在了一起，反过来强化了这个早已在那里的同一性前提。因为这个前提，诗人的“故乡”，也变成只有在“地图中国”这个特殊的透视框架里才能“看见”的抽象符号：

朋友，你问吗，我的故乡？
唔，我的故乡，
是头枕武夷山，
脚洗太平洋，
胸藏丰富的矿产，
颈缠闪耀的闽江，
呼吸要震动中原的乳峰
伸手好摸中原的头脸……
哦，我爱我的故乡！



武夷山、太平洋、闽江之类，当然可以在客观物理世界里找到对应的“实体”，但重新将其组织成为一幅壮丽的锦绣图案的力量，很显然，却来自作为抽象符号的“地图中国”。所以毫不奇怪的是，诗人最后放弃了“故乡”的立场，坚定地把自己和那些已经沦陷了的，从个人双眼的水平视线上不可能“亲眼看见”的遥远的“国土”联系在一起，变成被“地图中国”建构出来的整体性符号世界里的一员：

哦，你泉漳的子弟，
你福建的盐，你，
点燃武夷山上的森林吧，
点燃汉奸的狼心狗肺！

哦，你泉漳的子弟，
你福建的盐，你，
鼓起厦门湾中的怒潮吧，
淹没远东的帝国主义！

“厦门湾中的怒潮”“远东的帝国主义”等，表明诗人的想象和构思从抽象符号系统出发，又更深、更彻底地回到了以“地图中国”为中心的抽象符号系统内部。

不过，唯其已经成为普遍的无意识前提，这种“地图中国”引导的想象和书写模式，也才变成“中国新诗”内部的艺术问题。在晚清的皮嘉祐眼里还需要当作新奇的科学知识来普及和推广，闻一多笔下还需要“有意大声”才能完成的“地图中国”形象，在中国诗歌会同人手里，逐渐变成可以从艺术的角度进行润饰和雕琢的诗歌意象。

通俗一点，可以说皮嘉祐等人用“科学眼光”看见并承认了“地图中国”的真实性；闻一多沿着前者的“科学眼光”，勾勒出了“地图中国”的诗性形象；中国诗歌会同人则不知不觉中循着晚清以来中国新式教育养成的“科学眼光”，对闻一多的“地图中国”进行“诗化”处理。虽然抹去了前者的踪迹，但保留了前者的框架和画布，让“抹去”也变成一种“画布上的书写”，而非另起炉灶的新创作。

## 六



如前所述，中国新诗对“现代中国”的想象和书写，是从挣脱了以个人身体为中心的“天下”想象模式，转而从宇宙学的角度透视地球，在“地图中国”的引导下开始的。但在“现代中国”的整体形象已经被发明出来之后，问题就变成如何遗忘起源，将其建构成“自古以来”就一直在那里存在着的自然事实。我们说的“诗化”处理，实际上就发生在这个特定历史情境里。所以毫不奇怪的是，对“现代中国”进行“再身体化”书写，将其转化为与个人切身经验密切相关的存在，也就成为对“现代中国”进行“诗化”处理的基本修辞策略。

前引杨骚的《福建三唱》里，“头”“脚”“胸”“颈”“乳峰”“头脸”等词语，就已经表明：以身体为中心的古代性隐喻，已经开始覆盖在被现代性抽象科学发明出来的“地图中国”身上。在这些词语的作用之下，抽象、客观的地图学视野里的“故乡”，实际上被诗人暗中转换成一个有生命的存在，一个从男性的眼里看到的情欲对象。戴望舒的《我用残损的手掌》，同样包含着隐去起源，将“地图中国”身体化的意味。“像恋人的柔发，婴孩手中乳”等语，透露了其中隐含着的男性眼光和身体气息。“地图中国”逐步实体化，变成可以从个人身体的角度摸索或轻抚的对象之后，对“现代中国”的热爱，因此不再仅是对令人震惊的科学的“地图中国”被动的接受和承认，也不仅仅是对未来时态的抽象符号系统的信任，而是变成对个人能够“亲眼看见”，甚至亲手“抚摸”之物的热情追逐。借助于地球之外的宇宙学视角才能“看见”的“地图中国”，在“诗艺术”的作用下，开始融入个人身体感觉。

“再身体化”的第二个方面，是把“地图中国”上那些不能“亲眼看到”（的）空洞符号转喻化，将其与地方性的物产、风景联系起来展开书写，进而大量运用借代修辞，用与个人切身经验密切相关的物产、风景等取代前者，将空洞的能指符号，转化成具体、鲜明的诗歌意象。仍然以杨骚的《福建三唱》为例。诗人在谈到吉林、奉天之类“地图中国”上的能指符号时，就已经将个人能够直接感知和触摸的农业社会物产，与前者紧紧地联系在了一起：

朋友，你问吗，我的故乡？
唔，我的故乡，
不是吉林、奉天，
是福建芗江。
那儿没有大豆高粱；
那儿有米、麦、甘蔗，
山田、水田……
哦，我爱我的故乡！

朋友，你问吗，我的故乡？
唔，我的故乡
不是热河、黑龙江；
是厦门、泉漳。
那儿没有人参、哈士蟆；
那儿有荔枝、龙眼，
岩茶、水仙……
哦，我爱我的故乡！

"地图中国"上的吉林、奉天、黑龙江等抽象能指符号，因为总是与大豆、高粱、人参等充满了浓郁农业文明色彩，且与个人视觉、味觉、触觉等身体感官息息相通的意象联系在一起，而变得越来越具体，越来越圆润，最终变成了"诗文学"符号体系内部的意象。

这里的"诗文学"内部和外部之分，当然仅只是一个临时性的假定。事实上，这种将农业社会的物产与现代"地图中国"上的能指符号焊接在一起的做法，根源恰好不在中国新诗内部。一方面，它栖身于地理学知识随着新式教育的推广和普及而成为新诗人"日常经验"的整体历史进程，另一方面又关联着国民政府在东北沦陷后展开的爱国教育和宣传活动。萧红提到的《东北富源图》，无意中透露了这种将农业物产与"地图中国"联系在一起的做法及其历史效果：马、羊、骆驼、鱼类、森林等具体的，与个人日常生活经验密切相关的意象，密密麻麻地挤满了东北地图，将后者从空洞、抽象的透视图像，变成有生命的大地。

回到中国新诗对"地图中国"进行"再身体化"书写的问题上来。田间著名的长诗《给战斗者》，可以看作是将"地图中国"与农耕文明意象联系在一起进行转喻书写最终完成的典型标志。大连、满洲里、丰台、乌兰哈达沙土、亚细亚、天津、上海等一连串的能指符号清晰地告诉我们：诗人的爱国感情，仍然是被"地图中国"激发和召唤出来的。"在血的农场上，在血的沙漠上，在血的水流上"，以及"呼啸的河流呵，叛变的土地呵，爆裂的火焰呵"等诗行表明：诗人并没有"亲眼看见"传统实在论意义上的事实，自始至终都沉浸在个人激情和"诗文学"词语相互激荡、相互发明的符号世界里。

长诗里的"中国"，显然不是"古代中国"，而是与"爱与幸福""自由和解放""希望"等现代性观念密不可分的"现代中国"。可以说，正是为了弥合这种断裂，诗人才巧妙地对其进行必不可少的"诗化"处理，以大量农耕文明意象为桥梁，将从"地图中国"里生长出来的"现代中国"，与土地一样悠久而深厚的"古代中国"不着痕迹地联系在一起，变成由米粉、麦酒、燃料、烟草、白麻、蓝布等诗歌意象交织而成的日常生活世界。反过来，为了"祖国"的生死存亡而展开的抗战，也就变成夺取我们自己的生存，守护我们的日常生活世界的殊死肉搏，获得了与个人切身经验血肉相关的亲密性和迫切性。一种从身体中爆发出来的，混合了战栗与勇敢的痉挛着的激情，随着嘶哑的喊叫声不断跳跃起伏，形成了闻一多击节赞赏的"鼓的声律，鼓的情绪""疯狂，野蛮，爆炸着生命的热与力""鼓舞你爱，鼓舞你恨，鼓励你活，用最高限度的热与力活着，活在这大地上”。发端于地球之外的宇宙学视点的“地图中国”，在田间这里，完全被米粉、烟草、白麻、蓝布等植根于大地上的意象所覆盖，变成飘散着农耕文明气息的“土地中国”。

从结果看，这是大地和天空撕扯着的交会，也是来自西方的现代地图学知识，和漫长的农耕文明所孕育的丰产美学趣味的融合。但从源头和动力机制上看，这种融合并不是简单地重新回到“自古以来”就作为自然之物摆在那里——事实上并不存在——的大地之上，更不是“古代中国”再一次将现代性的“地图中国”纳入自己无所不包的肠胃里，消化成了“现代中国”。这种融合的基础是现代性的抽象知识体系，是对未来的想象和期待，而不是对过去的皈依。对田间来说，麦酒、米粉、白麻、蓝布之类的词语，只不过是“诗文学”符号体系里的意象。它们虽然让人联想到大地上的实物，但其意义，却是被词语和词语构成的语境，以及“诗文学”成规所赋予的。米和麦、蓝与白之间看似不着痕迹，但对仗工整的词语，就是“诗文学”成规的产物。更重要的是：它们并不是生长在大地上，而是随着画面的展开，应和着上文说过的大连、扬子江、黄河、天津、上海等地理学名字的急速闪现，而被诗人随手抓来，涂抹在“地图中国”上面的诗歌意象。它们的根，最终不是扎在“古代中国”的实体世界，而是深深地扎在抽象的“地图中国”里。



孙犁曾坦率地表示“不喜欢”田间 20 世纪 50 年代以来的作品，认为“他只是在重复那些表面光彩的词句或形象。比如花呀，果呀，山呀，海呀，鹰呀，剑呀”，“已经没有了《给战斗者》那种力量”。事实上，《给战斗者》其实也只是在转喻轴上，沿着“那些表面光彩的词句或形象”滑动，并没有考虑到意象与实体之间的同一性问题。同样的写法，能否激起同样的阅读体验，产生同样的“审美效果”，并不仅仅是“诗文学”内部的问题，更涉及诗话语和非诗话语之间能否形成“家族同一性”，能否产生共鸣的问题。

如果说“采菊东篱下”（《饮酒》）的陶渊明，以及“把酒话桑麻”（《过故人庄》）的孟浩然等古代诗人笔下的菊花、桑麻之类是他们触手可及的实体性田园风物的话，田间的麦酒、米粉、白麻等等，就是诗人用自己的彩笔想象并精心描绘出来的“纸上庄稼”。它们不是生长在实体性的土地或田野上的植物，而是生长在“地图中国”抽象符号世界里的诗歌意象。其目的，也不是让读者回到或者直接面向实体性的土地，而是把抽象的“地图中国”从令人惊异的西洋科学和空洞的地理学教科书常识，想象为我们熟悉的生活世界，建构现代性的“土地中国”。

可以说，正因为“地图中国”一开始就不是传统意义上的实体性存在，才有了对其进行“诗艺术”的打磨和加工，消除其与生俱来的陌生性和抽象性，将其建构为现代性“土地中国”的必要。因为这个缘故，“地图中国”在现代新诗中逐渐脱去其“有意大声”而作的硬和粗糙，转化为圆润饱满的“土地中国”的过程，也就成了“现代中国”从历史中浮现出来并将自身确立为“自古以来”就一直存在着的“自然事实”的一个文化表征。

## 七

全面抗战爆发后，一方面是朱自清所说的“国家意念迅速发展而普及，对于国家的情绪达到最高潮”，另一方面，则如卞之琳《地图在动》所说，“侵略者为中国人民发动了地图”，“全国各地都见到地图向人们睁大了眼睛”。“向来对地图不感觉兴趣”的普通中国人，从普通家庭主妇，到电报局职员，从街头的洋车夫，到旧式耆宿老者，等等，纷纷将“沉睡的地图”从箱子里拿出来，把它从抽象而遥远的现代科学知识变成实实在在的日常生活经验，变成个人情感的发动机和引领者。原本只有闻一多、马甦夫、田间等完整地接受了新式学校教育，把以地图为媒介的现代性地理学知识成功地内化成“个人视野”的现代知识分子才能看见的“地图中国”，开始大面积进入国人日常生活，改变了战时中国的“知识—情感”气候。而党政部门、高等院校、文化机构、沿海厂矿等的大量内迁，以及被迫的战时流寓生活，则给包括新诗作者在内的文化人带来了空前密集的旅行经验，为他们提供了把经由学校教育等养成的“印刷知识”，和眼前实实在在的“旅行经验”结合起来的可能。抽象的“印刷知识”作为行为指南，发明和引领了实在的“旅行经验”，“旅行经验”反过来消除了“印刷知识”的抽象性和陌生性。两者相互发明，相互作用，将抽象的现代性地图学眼光，变成现代新诗观察切身生活环境，现象“现代中国”的日常视域。

随着地图学视域的日常化，中国新诗对“现代中国”的想象和书写，也开始了“视域融合”的历史性转变。现代性的地图学视域在日常化中退隐成为看不见的奠基性结构，古代性的身体学视域因此而得以复活，从切实可见的“眼前”，延伸到抽象的“远方”，重新变成诗人们想象和书写“现代中国”的基本视域。

这一点，在徐訏、艾青的、郭风等人的同名作品《公路》，方敬、厂民（严辰）、孙望等人的同名作品《路》等大量以“路”为题材的诗篇中，表现得最为明显。在方敬的《路》里，眼前切实可见的景象，通过公路彼此纵横交错的物理属性，将超个人的“现代中国”整体形象，呈现在了读者眼前：

你，道旁的石工，
我爱你那砸碎一块石头时的微笑，
砸呀，用力砸呀，
中国正需要宽大的公路，
正需要以集体劳动力去发展交通，
去构成一袭密密的网络，
按着津浦、粤汉、北宁……
去捕捉人类的财狼。

载重汽车的司机紧捏着喇叭。
“老乡，你也使劲抽吧！”
于是鞭哨响得更急了，
骡子也昂昂头，
徒步的新兵行列补助的前进……

前进，一切都前进着，
骡蹄，车轮，足步，
沿途压下希望的花纹，
一切都前进着，
每条路都通到胜利，
通到南京、北平、东北……

而修筑道路的普通石工，也因此而融进了“现代中国”整体性生存之中，给砸碎石头的日常劳作带来了圣洁的光辉。

很显然，只有预先把“地图中国”当作不言而喻的存在，诗人才有可能超越身体学视域，将能够被“亲眼看见”的公路，与“津浦、粤汉、北宁”等只有借助于地图学视域才能“被看见”的铁路干线联结起来，去构成“一袭密密的网络”。没有后者的引领和接应，前者就只能是零散而破碎的片段性存在，最多只能通过逐次展开的水平延伸构成区域性交通网络，不可能超越身体学视域的物理限制，“通到南京、北平、东北”，成为“现代中国”整体性存在中的一个有机环节。抗战时期大面积出现的水稻、麦子、高粱、玉蜀黍之类农作物，不是栽种在古老的大地上，而是栽种在了被人为约定——也可以说是人工发明的经度和纬度分割，又通过这种分割固定下来了的“国土”上。方敬等人眼中的“路”，同样的，也不是延伸在实体性的泥土，而是延伸在“地图中国”上，延伸在以地图为媒介的现代性地理学知识视野中才能呈现并持续存在的“国土”上。

现代性的“国土”被普遍而广泛地“误读”为亘古以来就一直在那里的“土地”之后，“土地中国”也就反过来覆盖在“地图中国”上，遮蔽了自身的起源和发端，利用“土地的”自然属性抹去“古代中国”和“现代中国”之间的结构性裂隙，将后者转换为和“土地”一样古老、一样自然，即“自古以来”就没有，也不会发生任何历史变化的实体性存在。一般的研究者，往往也就追随着中国现代新诗，和整个现代中国文学的历史步伐，认为抗战时期的新文学偏离了现代性轨辙，重新回到了“土地”和“农民”身上，遗忘了“土地”和“国土”、“农民”和“国民”之间的结构性差异。

事实上，即便在公认的最具代表性的爱国主义诗人艾青身上，也不难看出古代性身体学视域里的“土地”，和现代性地图学视域里的“国土”之间的结构性差异。

细读相关作品，艾青笔下的“土地”意象，实际上包含了实体性的“泥土”，和作为抽象概念的“国土”两种不同的形态。前者是循着古代性身体学视域，能够被个人感官直接把握，能被我们“亲眼看到”的地平线上的存在，其基本形态是与传统农业社会日常生活联系较为紧密的田园、旷野、山坡等实体性存在。《黄昏》《秋晨》《斜坡》《低洼地》《秋日游》《初夏》《矮小的松树林》《灌木林》《旷野》等诗的“土地”意象，均属于此类。其中的《斜坡》，一方面体现这类“土地”意象的基本特点，又毫无保留地凸显了古代性身体学视域的作用机制，揭示了“亲眼看见”的实体性存在如何激发和引导了艾青对“土地”的想象：

金黄的太阳辐射到
远远的小山的斜坡上——

那斜坡刚才是被薄雾遮住的，
而现在，我们可以看见
它的红的泥土和浅绿的草所缀成的美丽的脉络了……

我想，斜坡的下面是有村庄的吧——
以光洁的岩石当晒场
也该有壮健的少妇卷上袖管
在铺晒着昨天刚收割的谷类吧；
而她的男人赤着上身挑着担
从那昏暗的小门口走出；
而她的孩子则坐在岩石的边上
在叫唤着她……

但这一切，从这里都是看不见的啊——
一条长长的丛密的杂色的林木
已遮去了有丰富的图画的斜坡的下部。



这首诗的主体内容虽然是“看不见”的乡村家庭日常生活景象，但这种景象显然是对过去时态生活经验的“还原”，而非对未来可能性的设计或探索。诗人想象和认定“也该有”的事物的标准，一望而知，也是来源于早年的乡村生活经验。那“一条长长的丛密的杂色的林木”虽然“遮去了有丰富的图画的斜坡的下部”，但这种遮蔽不是隔绝，也不是放弃，而是反过来激起了诗人对自己能够“亲眼看到”的日常生活景象的热情，把诗人更深地引入了身体学视域内部。一如那薄雾的遮蔽不是抹去或清除，而是让眼前的景象变得更美丽、更生动。

《北方》《土地》《雪落在中国的土地上》《我爱这土地》《他死在第二次》等诗中的“国土”，则是另一回事。虽然保持着，甚至比以往任何时候都更加鲜明地袒露了泥土的物理属性，但以下两个特征充分表明：这类作品中的泥土已经从古代性身体学视域里的“土地”，变成现代性地图学视域中的“国土”。第一，它已经脱离了春夏秋冬四季分明的农业时间，和自由、平等、博爱、人民等现代性观念交织在一起，变成了“复活的土地”（《复活的土地》）。第二，它是预先有了确定的空间范围，再根据这个空间范围重新想象过去，组织历史而形成的抽象存在。名篇《北方》的结尾,生动地揭示了诗人如何重新发明历史,“看见”了中国“国土”的诗性过程：

——我看见
我们的祖先
带领了羊群
吹着笳笛
沉浸在这大漠的黄昏里；
我们踏着的
古老的松软的黄土层里
埋有我们祖先的骸骨啊，
——这土地是他们所开垦
几千年了
他们曾在这里
和带给他们以打击的自然相搏斗
他们为保卫土地，
从不曾屈辱过一次，
他们死了
把土地遗留给我们——

空间性的“悲哀的国土”虚化了时间,抹去了“这土地”上曾经发生过(的)一切，将其变成了与具体的历史经验无关的现代性“空洞时间”。在此基础上，诗人才得以反过来驰骋想象,重新发明历史,填充被虚化了的“空洞时间”,把“我们的祖先”和“我”重新组织在一起，变成人类学意义上的命运共同体。羊群、笳笛、大漠等与北方游牧生活密切相关的意象，就这样在领起性的“我看见”的作用下，消失了它在历史中曾经拥有的异质色彩，变成现代性民族—国家的同质性“国土”。

对一开始接受的就是新式学校教育的艾青来说，尽管“地图中国”视域和形象很少直接出现在诗人的笔下，却只能说明它早已经随着诗人的成长，随着中国社会的现代性进程，内化成为不言而喻的透明之物。《反侵略》《火把》等作品，以及大量的国际题材诗作中，现代性地图学知识，实际上都曾作为普通的社会常识出现过，只是因为已经变成常识，才没有引起注意。

如果我们把反复出现在诗人笔下的太阳和土地两个带有原型性质的意象，当作两种不同的视域和想象机制的话，问题就很清楚了：前者隐秘地取代了现代性地图学视域，让诗人看见了“国土”；后者则将诗人牢牢地锁在大地上，锁在古代性身体学视域里，让诗人看见的只能是实体性的“土地”。前者把诗人从“亲眼看见”的景象和事件中解放出来，引向“博爱　平等　自由”，引向“《马赛曲》《国际歌》”等整体性存在（《向太阳》）；后者则把诗人的身体和“亲眼看见”的大地上的生物联系在一起，引向阴沉的个体命运。

艾青的历史意义，就在于弥合了现代性地图学视域和古代性身体学视域之间的断裂，不着痕迹地把“地图中国”，改写成了“土地中国”的有机形象。在《土地》里，从中心向外逐次延伸和弥散的，个人能够“亲眼看见”的事物，在源自外部的地图学眼光的接应和牵引之下，挣脱了个别性和等级差异，形成了一个亲密的同质性整体：



人类沿着网走成了路，
一条路连着一条路，
每一条路都通到无限去——
用脚步所织成的网络，
把千万颗心都纽结在一起；
从这里到天边，
从天边到这里，
幸运与悲苦呀，
哭泣与欢笑呀，
互相感染着，互相牵引着……
而且以同一的触角，
感触着同一的灾难，
——青青的血液沿着脉络，
密密地络住了它们乌黑的肉；
它们躺在那里

何等伸张自如啊……
被同一的阳光披盖着，
被同一的爱情灌溉着，
被同一的勤劳供养着……

这片热腾腾的现代性“国土”虽然有可以“亲眼看到”的起源，也有实体性的路作为从中心向边缘逐次延伸的纽带，但“从天边到这里”的源自地球之外的现代性地图学眼光，显然才是其中的关键。没有后者，道路就会被“亲眼看见”的大地上的事物所遮蔽，把诗人引向不可测知的阴暗之境，不可能“通到无限”，交织成为网络，“把千万颗心都纽结在一起”。再往前说，那些“平平地展开在地壳凹凸的表面”的田塍，显然也只能在现代性地图学视域中，才能看见它们“一根纽结着一根”的整体性关联。“地壳凹凸的表面”这个至今仍然没有完全常识化的表述，透露了地图学知识在《土地》中的存在。

正如阿伦特指出的那样，只有借助于望远镜这样一件人工制品，从宇宙的角度对其整体性存在有了确定无疑的把握之后，人类才挣脱了自然条件的束缚，把地球变成一个可以全面、清晰地加以认识和分析的客观对象。“只有现在，人们才完全掌握了他凡间的居所，才把先前时代诱惑着又禁锢着人们的无边疆域尽收于一个球体当中，他熟悉它辽阔的边缘和细微的表面，就如同他熟悉自己的掌纹一样。”理由很简单，包括地球在内，任何事物一旦变成能够认识和能够测量的，就不再是不可知的和无限的了，“每一次探测把遥远的部分带到眼前，从前难以跨越的距离就缩小到了方寸之间”，变成了触手可及的眼前之物。回到艾青的《土地》上，也可以说：只有预先从地图学视域之外的“那里”出发，对身体学视域中的“这里”有了整体性的把握，一条条田塍、一条条道路，才变成诗人可以准确把握和掌控的对象，变成像自己的掌纹一样可以清晰地而精确地观察到的存在。“青青的血液沿着脉络，/密密地络住了它们乌黑的肉”，这个只有在显微镜和解剖学视域下才能被看见的景象，恰到好处地诠释了阿伦特“了如指掌”的发现，再清晰不过地表明了这样的事实：艾青的《土地》所描绘的，是从望远镜及随之而来的地图学视域中看到的“国土”。

不仅《土地》是这样。艾青整个的现代性精神历程，实际上也是在外部眼光的引导下，从逃离故乡开始的。他之回到土地，回到乡村，并不是因为放弃了最初的立场,而是因为土地和故乡在历史中改变了它们的面目,变得和都市一样繁华,一样美丽,“一样以自己的智力为人类创造幸福”(《村庄》)的结果。借用前引列奥·施特劳斯的话来说,就是:只有在“实在”改变了它的本来面目,变得与“应在”的理想标准相一致之后,背叛和冲突才会停止,我们的诗人艾青,才会回到他出生的地方,“用不是虚饰的而是真诚的歌唱/去赞颂我的小小的村庄”(《村庄》)。

同样的,古代性身体学视域里的“土地”,也只有接受了太阳光的洗礼,从死亡中苏醒和复活过来,变成“国土”之后,才能成为诗人献祭的对象。而这,显然也正是全面抗战时期爱国主义动员的总体话语:通过神圣的战争,把中华民族从奴役和压迫中解放出来,成为一个崭新的“现代中国”。在这个意义上,“泥土”和“国土”两种完全不同的存在,被误认为,或者不加区分地当作“土地”来阅读,就不仅仅是艾青个人诗歌艺术成熟的标志,更是中国现代新诗的现代性民族—国家想象最终得到了完成的标志。

“土地中国”反过来消除了“地图中国”生硬的现代性源头之后,晚清那令人惊异的“现代中国”整体形象,最终被书写成了眼前的日常生活,变成我们今天思考和阅读的“白色前提”。反过来,勾勒新诗想象和“制造”民族—国家的历史进程,在反思中揭示出“白色前提”的存在及其发挥作用的机制,不用说,也就不单纯是讨论新诗史“内部”的艺术问题了。一般读者可以把他遭遇到的现实情境当作“自古以来”就一直在那里的存在,不加区分地循着“土地中国”这个给定的历史眼光来谈论“现代中国”。但作为专业知识人,则必须超越时间的自然顺序,搞清楚我们自身的话语前提,才能搞清楚“自古以来”究竟是怎么回事,有能力谈论“现代中国”及其相关问题。

# 从文本到剧场：当代女性诗歌的跨界实验[1]

/ 翟月琴

新世纪以来，当代女性诗歌剧场开始活跃，引领了跨界实验的新风尚。2008年，周瓒和曹克非共同创办了瓢虫剧社，英文名字为Ladybird，视女性（lady）的生存状况为最关注的话题。起初，瓢虫剧社选择了两个当代女作家的剧本，一个是《远方》，根据英国当代女剧作家卡瑞·邱琪儿（Caryl Churchill）的同名剧改编；一个是《最后的火焰》（2009），由德国当代女剧作家德艾·罗尔（Dea Loher）编剧。2009年，该剧社着手打造女性诗歌剧场，先后推出《企图破坏仪式的女人》（2010）和《乘坐过山车飞向未来》（2011），"尝试将诗歌文本与小剧场戏剧、现代舞、实验音乐结合，在剧场或非剧场空间演绎，与观众直面与互动，在此过程中，让词语的白日梦变成舞台景观，让诗歌释放其自身的声、色、光、影"。周瓒、曹克非作为编导，主要以女性诗人及其创作活动为出发点，洞悉女性的生活挫折与精神困境，探索文字、语言、身体、音乐等元素在剧场空间可能发生的奇妙反应。除了瓢虫剧社的演剧活动之外，当代女性剧场实践还包括周瓒编剧、陈思安导演的《随黄公望游富春山》（2014）和《吃火》（2015），前者所选文本源自翟永明的同名诗集，后者则依据玛格丽特·阿特伍德的诗集《吃火》改编而成，皆体现出女性诗歌剧场的多元化发展趋向。其中，《随黄公望游富春山》立足于诠释女性与社会、历史的关联，突破二元对立的性别模式，以画中画、戏中戏的舞台时空错动形式诠释女性的自我主体性。本文以《乘坐过山车飞向未来》《企图破坏仪式的女人》和《随



[1] 该文为"上海戏剧学院地方高水平大学建设项目"阶段性成果。

黄公望游富春山》三者为讨论对象，着重分析她们在性别操演、女性哀歌与性别超越三个方面的思考，同时展现诗歌文本在剧场空间的表现力，不仅体现于姿与言、言与声的互动，更是意与境的延展。可以说，她们从跨越到融合的剧场实验，为未来的当代女性诗歌剧场实践提供了可参照的资源。

## 一、姿与言的性别操演：《企图破坏仪式的女人》

由曹克非导演，翟永明、周瓒共同策划，联袂核桃室、《翼》女性诗刊创作，由北京瓢虫剧社参与演出的《企图破坏仪式的女人》，于2010年7月10日—11日在北京东城区蓬蒿剧场上演。诗剧剧名取自吕约的诗歌《致一个企图破坏仪式的女人》，将几位女性诗人的诗文本嵌入其中。涉及的诗歌包括沈木瑾的《飞》、唐磬的《快，饮干她们》、阿芒的《姊姊妹妹考古队》、成婴的《我们手拉手坐到房梁》、翟永明的《烟花的寂寞》《战争》、宇向的《洪》、巫昂的《精神病史》、尹丽川的《妈妈》、吕约的《致一个企图破坏仪式的女人》《ELLE》、曹疏影的《姑娘姑娘你的海怎么了——给蛛蛛和海威，我的姐妹们》和周瓒的《冀》。



2008年，吕约写过一首诗歌，题为“致一个企图破坏仪式的女人”。后来，她曾回顾当年写诗的原因。那时，北京奥运会火炬传到巴黎，一位穿着时尚的女人闯入其中，企图破坏仪式。后来，毫不例外，在挣扎与尖叫声中被巴黎警察带走了。在电视荧幕中，看着大庭广众下被带走的女人，吕约有感于观看与被观看的关系。由此，生发出对于宏观政治权力与微观男性权力的双重解读，从这个角度来看，镜头中被带走的女性身体显得尤其扭曲：

> 她像兴奋的猴子一样尖叫，抓住警察的手荡秋千，露出一节肚皮
> 小腹结实得可以抵挡子弹，光滑得可以登上男人帮的封面
> 上面没有枪眼，只有形状不够文明的肚脐，像我们一样
> 她有我们所有的零件
> 白色T恤，灰色牛仔裤，头巾腰带，鞋子袜子，耳环戒指项链
> 令人失望的是，她没有化妆成毛茸茸的异族人左臂上没有多神教的金色文身
> 牛仔裤里也没有藏着紫色的尾巴。

女性像是“猴子”或者“异族人”一样，从表情、肢体到着装、装饰，几乎彻头彻尾地被打量、观看。这位“女观众”，是在场的看客，也是闯入者；女诗人吕约，同样是看客，却看到了闯入者。诗人很快跳出“观众”的身份，开始思考同为“女性”的生命遭际。闯入者兴奋、惊慌的样子，与端坐在电视机前观看节目的女诗人，形成巨大的反差。警察的登场，象征着社会权力、男性角色。其出现，打破了围观与被围观的对立，制造出一种新的权力制约关系。相互缠绕的日常、性别和政治关联，让吕约从中联想到被物化的女性形象。可是在吕约看来，这位女性不是“猴子”，也不是“异族人”，而是与坐在电视机前观看她的女人一样的“女人”。吕约敏锐地察觉到的“尖叫”声音，正是最具辨识度的女性声音。女性诗人常常收紧声道，在诗行里发出刺耳、尖利的声音，如翟永明的《静安庄》里，“分娩的声音突然提高”，女性提高分贝，发出分娩时的声音；如宇向的《一阵风》里，需要被填充的身体，肆意发出类似于尖叫的声音，却还是强调“此时我的叫声一定不是惨叫”；路也的《身体版图》里，“脆到要从中间‘咔嚓’，一折两半”，干渴的身体像“干麦秸”断裂时发出的“咔嚓”声。在《致一位企图破坏仪式的女人》中，吕约看似追问道：“固执的女人，你尖叫 / 是因为比我们更勇敢，还是更容易受惊？”实际已经有了回答，“受惊”是历史化的女性命运，而“勇敢”则是个人的行为。她视此情此境为写作契机，最终从女性的个人行为回到女性的命运史，外部的“尖叫”声像是回音壁里的重叠音，返回到女诗人的声道，发出巨响声：“你一定要睁开固执的眼睛看看我们，/ 我们比你更强悍。”

由低音到高音区的演变，又揭示出一部女性发展史。深知女性被观看的历史，又受到最强音的鼓舞，全剧以吕约的诗作为出发点，首先由周瓒手持诗集、配合表演诵读。周瓒躬身爬向舞台的边缘，由她诵读的部分结束于：“一位没有尾巴的妇女为什么突然躺倒在大街上 / 而不是和我们一道沿着大街上的黄色箭头爬向一个叫未来的洞穴？”由于“未来”的不确定性，周瓒没有停止在地面上爬动，同时将诗集传递给下一个演员，以交替表演的方式，让“企图破坏仪式的女人”纷纷登场。正如曹克非所说的，每个演员都是导演。在场的每一位演员，都可以跟随自己的感觉，寻找诗歌的情绪纹理，以各自感到舒适、自然的姿态完成诗篇的诵读。他们或蹲着诵读沈木瑾的《飞》，“只求能浇灌一畦自家的菜地，/ 菜地里一棵梨树”；或站着吟诵翟永明的《烟花的寂寞》，“假若我的意志也可以升空 / 我也想四分五裂”；

或者弓步诵读唐磬的《快，饮干她们》，“快，喝穿她们 / 饮干她们 / 让她们比你更加一无所知”；或者闲步扭腰，分享曹疏影的《女招待》，“她憔悴她是女招待，越累越不在乎”。演员之间的衔接，只是通过传递诗集的方式完成，显得流畅、自然。诵读完成后，演员们逐个从舞台中央漫步向后退，作为布景配合前台朗诵者表演，极尽可能地突出语言的表情色，表达女性试图飞跃、升腾的愿景。

编导还凭借叙述声音的转化，以多声部模糊男女的性别差异，回归到人性本身。一者，穿插口语、方言等，营造戏剧情境，增强现场感，取消诗歌与观众的隔阂。演员坐成一排，叙述着一场名为“寻找母亲的花园”的考古行动。台湾当代女诗人阿芒的《姊姊妹妹考古队》：“我的姊姊妹妹真大胆，你知道吗 / 从小我们都是被女鬼故事吓大的 / 女鬼又凄厉，又恐怖 / 我的姊姊妹妹真大胆，又幽默 / 她们把这次行动命名为 / ‘寻找母亲的花园’。”二者，由男性演员代言，借男性的视角讲述女性的故事。男演员张开嘴巴，定睛木讷地看着前方，以狰狞的表情发出呓语，“我该做你没做的事么，妈妈 / 你曾那么的美丽，直到生下了我”。由男演员以女性口吻，讲述母女之间的亲密或者隔膜，显得十分另类。从另一方面讲，全剧有意安排男性角色介入，似乎在女性剧场里取消男女性别的严格界限，而是让男性体验女性心理，让女性被这个世界（包括男人和女人）完全理解。能够解释的是，这位男性演员的表情之所以如此夸张，主要的原因就在于，他试图还原到婴儿的姿态，回到母亲的子宫里咿呀作声，用成年人的口吻叙述：“当我在回家的路上瞥见 / 一个老年妇女提着菜篮的背影 / 妈妈，还有谁比你更陌生。”“瞥见”的一瞬，显得母女的关系十分陌生。对于男演员而言，更是陌生的陌生化体验，而那定睛一看的神情却成了男性眼中的偶然一瞥。确实，他偶然瞥见了这一对母女。再者，反复诵读的诗篇，分角色由多位演员轮流展示。比如，曹疏影的《女招待》和吕约的《致一位企图破坏仪式的女人》则像复调一般，诗节重复出现，由不同的乐章演绎出新的奏鸣曲。



在舞台上极尽可能地展示多元的声音，是编导的首要任务。面具作为最常见的道具，主要是为了区分模具的脸和自我的脸，彰显出主体与外部社会、内部世界交互叠映的戏剧声音。伴随着女诗人巫昂的《精神病史》的诵读，戴面具的男人摘下煞白的面具，开始讲述自己的发病史，分别是在看电影时、考音乐学院时和门口保安调走以后，非常规的事件引起他的情绪波动。随着叙述的声音越来越激动，他剥开被层层纱布包裹的苹果，大口大口地吃了起来。与之同时，发病的女子踉跄着出场，满地打着滚儿，像是男精神病人的心理外化。在此时，作为观众，不禁想问：男人与女性的差异性何在？谁又能保证男性就是绝对理性的，而女性则是感性柔弱的？男精神病人的状态，由女子颠倒错乱的步伐予以呈现。同样，当男演员朗诵成婴的《我们手拉手坐上房梁》时，戴着面具的女演员们如幽灵般登场，“却想与她相依为命，她美妙的头颅 / 为我一低再低 / 她去亲近事物，努力把它们的平静之爱 / 放到我的胸中 / 而我专情地注视 / 观察她被磨损、消耗的面容”。

全剧的特点，还在于通过姿与言的错动，解释性别的差异与相似。与语言相得益彰的是，演员曼妙的舞步。“身体在礼俗的残酷中寻找着承受的极限，从自身中把诡异和陌生表现到极致：冲动的姿势、湍流和喧哗、歇斯底里的抽搐、自闭的形态分解、失衡、跌倒、变形。”《企图破坏仪式的女人》以一切方式打开身体这一未知领域。与站立、行走、躬身、爬动等动作有别，舞蹈的姿势融入语言和动作，显得更为流畅，也更具审美性。在这场演出中，演员以独舞、双人舞和群舞的方式，绘制出超越秩序的身体画面，展示了生命升腾与下坠，绽放与熄灭的始末。两位女演员炽烈的双人舞，将全剧推向了一次小高潮。随着乐音节奏的持续加快，她们的身体格外轻盈、柔软，彼此靠近又远离、缠绕又孤立、跌倒又翻转，像是诉说一段热烈的感情故事。之后的一段独舞，伴随着翟永明的《烟花的寂寞》，女演员如同一朵肆意绽放的花朵，在舞台中央尽情地、狂乱地舞蹈。她能够如此绽放，亦能引爆自我，她是瞬间绽放、熄灭的一场烟花。在翟永明读过《战争》（配音）后，插入了一段三位女演员的群舞。她们痉挛着，或向上伸出孤悬的手，或向下瘫倒在地面上。既是“硝烟中奔跑的女孩”，也是“战争的旋律在往上升”，更是“死者的灵魂往下落”。全剧在结尾时，借用周瓒的诗《翼》，男性与女性演员纷纷登场，她们伸出双臂，晃动着肩膀，在舞台中央找寻平衡点，自由翱翔。



## 二、由言入声的女性哀歌:《乘坐过山车飞向未来》

曹克非导演、瓢虫剧社参与演出的《乘坐过山车飞向未来》，于 2011 年在成都文艺之家和白夜酒吧演出，后来参加了 2012 年台湾第五届女性戏剧节 [1]。全剧糅合且展演了玛格丽特·阿特伍德、马雁、翟永明、吕约、周瓒、巫昂、曹疏影、

[1] 视频资料为台北演出版，经周瓒、曹克非许可，由陈思安提供。另外两部舞台剧的视频资料同样由陈思安提供，在此表示感谢。

尹丽川、宇向等女诗人的诗歌文本。以身体为介质，在语言与行动之间构成某种关联，是演员们的诉求："参演者们力求深入语词，将诗歌变成身体的一部分。他们以各种方式接近语词，把自己交给诗句，嬉戏文本，与诗（人）相爱……意在进一步突破限定空间，把词的声音、表演者的身体、演出环境与观众等因素，置于互相倾听、言说和行动的对等关系中，在当下日益分离隔绝的个体和不断深刻分化的社会阶层之间探索新的精神交流与互动的可能。"整个演出，以诗介入戏剧，编导试图处理的问题是"被听到的诗歌和被看到的诗歌，这两者怎样在舞台空间上，变成一种戏剧的一部分"。换言之，从语言到声音的视觉尤其是听觉的转换，是全剧的核心。

该剧命名为"乘坐过山车飞向未来"，借用了马雁的诗《我们乘坐过山车飞向未来》。2010 年，马雁因病不幸在上海辞世。瓢虫剧社的这次展演，正是为了纪念这位女诗人而作。诵读这首诗，不自然地会陷入一种"乘坐过山车"的眩晕状态里，刹那间的狂欢、刺激与恐慌、失重，一齐喷泻而出。从语言文字产生的韵律来看，"飞向未来""波浪""飘荡"等词，嵌入诗文本的不同位置，强调"飞"的动作及被抛向空中而后滑落的身体状态。诚如艾略特所说："一个词的音乐性存在于某个交错点上：它首先产生于这个词同前后紧接着的词的联系，以及同上下文中其他词不确定的联系中；它还产生于另外一种联系中，即这个词在这一上下文中的直接含义同它在其他上下文的其他含义，以及同它或大或小的关联力的联系中。"马雁以词与词联动出的音乐性，与语词的意义可谓高度契合。整个飞跃过程是诗人展开语词联想的"想象"轨道，直至反转的身体在制高点上俯视或是仰望到下面的人群与动物。马雁首先想到的是，生命体的高级与低级形式、社会成员的高贵与低贱身份。然而，所谓的"高"与"低"的划分，却因为波浪线的起伏和视线的倒转，呈现出截然相反的价值认知。换个视角，高乃是低，低乃是高；俯视即仰视，仰视即俯视。最后，诗人回到了高与低之间的中间地带，那是一处相对平稳的日常生活领地——相互支撑和抚慰的家庭、恋人关系——因为脱离了人与人之间的歧视链，往往会感到沉醉，犹如荡漾的小船，划向微泛涟漪的湖水当中。



我们乘坐过山车飞向未来，
他和我的手里各捏着一张票，
那是飞向未来的小舢板，

起伏的波浪是我无畏的想象力。
乘坐我的想象力，他们尽情蹂躏
这些无辜的女孩和男孩，
这些无辜的小狗和小猫。
在波浪之下，在波浪的下面
一直匍匐着衰弱的故事人，
他曾经是最伟大的创造者，
匍匐在最下面的飞得最高，
全是痛苦，全部都是痛苦。
那些与我耳语者，个个聪明无比，
他们说智慧来自痛苦，他们说：
来，给你智慧之路。
哦，每一个坐过山车的人
都是过山车建造厂的工人，
每一双手都充满智慧，是痛苦的
工艺匠。他们也制造不同的心灵，
这些心灵里孕育着奖励，
那些渴望奖励的人，那些最智慧的人，
他们总在沉默，不停地被从过山车上
推下去，在空中飘荡，在飘荡中，
我们接吻，就像那些恋人，
那些被压缩在词典册页中的爱情故事，
还有家庭，人间的互相拯救。
如果存在一个空间，漂浮着
无数列过山车，痛苦的过山车……



以“痛苦”作结，奠定了整首诗的基调。“漂浮”的状态，恰是人生常态。“拯救”则意味着苦难人生的救赎心理。这几乎是女诗人马雁的一种自我暗示：不必大起大落，活着且安稳地活下去。与“乘坐过山车”的我相平行的是，无数列的过山车穿梭在不同的轨道里，从痛苦之此岸抵达绵绵无尽的自我救赎之彼岸。以马雁的诗作为引子，“从诗歌中的动词出发，让身体带动情绪、情感和记忆，在舞台空间里飞，没有边界，也没有终点”，舞台剧串联起多位女性诗人的诗文本，展现社会各阶层女性的生活境遇，如同一场由诗的乐章串联起的时代奏鸣曲。

演出一开场，墙壁上印有“拘留室”的破败楼宇，延伸出多媒体剧场空间。视线由外景切换到内景，出现散落在舞台上的鲜花枝条、旋转不停的老式电风扇道具。这时，演员喉咙里发出了低沉的嘶吼声，体现出环境所造成的压抑感。首先，由周瓒诵读阿芒的诗篇《女战车》。《女战车》写的是母女之间的一段对话，女儿以积木堆出战车，以坚不可摧的力量攻打“我”之外的敌国。周瓒认为，阿芒的诗颇具戏剧性，除了音调和节奏外，场景和行动、对话和独白，还有虚拟角色的声音，都是以声音塑造角色，以角色营造戏剧情境。[1] 她模仿着母亲和女儿两个人的声音完成诵读，一是母亲成熟的问询声，一是女儿稚嫩的回答声。看似成熟的母亲，却成为无知的发问者，反而要依赖幼小女儿的回答来解读这未知的世界。两个不同年龄段的女人，凭借一问一答的对话形式，建构出她们共同抵御的敌国世界。



演员借助声音模仿不同的人物，纷纷登场。独语、对话、狂笑、重叠音、电子音等，各式的声响在剧场里回荡。周瓒与李增辉等演员交替诵读宇向的《她们》，以多人的声音叙述“她们”鲜活的生命因子，在“我”的记忆里散乱地跳动着：包括失恋自杀的高中同桌、躲避异性的女工、淹死于游泳池的感性的同事、像男孩子一样保护“我”的小学女同学、被卡车碾断右臂后来在精神病院接受治疗的远房表姐。短短的诗行，通过演员的诵读与表演，每个人物都是一个完整的故事，每个生命体都浮出水面。演员们以个人化的口吻陈述“她们”的生死命数，最终回归到诗人“我”叙述的声轨里，实现了叙事与抒情声音的混合。

诗人、演员与角色的声音缠绕交替，立体化地展现了人物的生存境遇以及与之相关的社会评价。两位女演员周瓒和杜杜重叠发声，如回音般诵读翟永明的诗《关于雏妓的一次报道》。在舒缓压抑的音乐声里，一些词语因为重复显得格外醒目：

---

[1] 周瓒曾为台湾女诗人阿芒的中英文双语诗集《女战车》撰写序言《自我完成中提炼诗歌的性别维度——〈女战车〉序》，特别提到其诗歌的戏剧特点，在女性主题方面有所开掘，“包含女性对自己身体的赞美、因女儿而成长的母亲经验、姐妹情谊、女性自身的历史挖掘意识，女性对自我、儿童、爱情和战争的认识等”。该书收录了阿芒的 20 首诗歌，2016 年由女书文化出版社出版，菲奥娜·施·罗琳（Fiona Sze-Lorrain）翻译。

“12 岁”成了一个阴影，语音的反复像是一次次回放那段伤痕累累的时光；“爸爸”的“寻找”，这一动作反反复复，成为雏妓生涯的起点，完成了故事的叙述。此后，女演员杜杜虽然是以叙述者身份独语，但却以抓狂、厌弃的肢体表演进入雏妓角色，制造出双重声音效果：“她一直不明白为什么 / 那么多老的、丑的、脏的男人 / 要趴在她的肚子上 / 她也不明白这类事情本来的模样 / 只知道她的身体 / 变轻变空被取走某些东西”。角色化处理在杜杜读尹丽川《你想当什么样的老女人》时也有所体现，她张开大嘴模仿着那位“不停吃药、不停老下去”的女人；而女演员周瓒则跳脱出雏妓角色，回到叙述者（诗人）的身份，以审视的眼光诠释现实的残酷与诗歌的正义。另外，演员李增辉演绎郑小琼的《钉》时，选择用锡纸包裹的冰冷棍棒疯狂地捶打着地面，重复着流水线工人的身体动作，发出“叮叮”的声响和有节奏的语词诵读声，配合有力量感又充斥着黑色情感的重金属音乐，越来越强烈地推进演出节奏，与打工妹心底的集体嘶吼声形成共鸣。四位演员集体出场，错落站立而晃动身体，肆意发出狰狞的笑声，而后交替诵读马雁的《我们乘坐过山车飞向未来》，像是平行轨道里不同的乘客，全程因为恐惧而尖叫，反转身体而瞥向周遭发生的一切，在剧场形成复调式的环绕声。与台北版的简化演出不同，在成都演出的版本里，演员化妆，戴着面具，扮成玩偶的样貌，同样是为了丰富声音的层次感，让观众听到每个个体发出的声音。

另外，以“面具”作为道具可以成功地塑造角色，而后由表演者与角色共同发声。诚如与曹克非合作过四年的诗人多多所说：“我们所谓的文本的语言，已经经过了印象、节奏还有角色化的处理。”在曹克非看来，舞台上存在两种“面具”，一种是戴上面具，“表演者的个性开始消失，身体获得了空间感，动作具有仪式性”；一种是脸部训练，“表演者面部肌肉的变化和变形来创造”。一束光线，扫向栅栏门，场景从《钉》（郑小琼）切换至《灾难》（周瓒）的演绎。暗影里，演员李增辉不再是拄着棍棒发出“叮叮”声响的伟岸形象，而蜷缩弯曲着身体从有光的栅栏门走向幽闭的黑暗空间，“灾难”开始。周瓒的诗歌《灾难》，是一场身体的受难。但诗人由此联想到不可控的自然灾害，乃至卷入人为的政治与经济风暴。在这场灾难里，受难者痛苦的声音此起彼伏，连同肉身与心灵被推向未知的深渊。但正是因为彻底，才感到周身的净化与升华，像是找到了另一扇通往光亮的栅栏门：“洗涤七窍的湖海，密发的丛林 / 但它们也阻止不了肋骨与胫骨的战争 / 黑夜的鼻尖冰凉，伫立如一支孤独的灯塔”。对于女性而言，体内何尝不是呼啸着强劲的风暴，导致她们身心遭受着无尽的创伤，高唱着凄厉的哀歌，一步步无声无息地探寻前路。在演出中，李增辉首先戴着面具，在舞台上摸索前行，这是从一个出口向另一个出口进发的身体动作。而后轻抬面具，将迷惘、恐慌而后镇定的面容显现出来，向观众展示灾难降临时的真实面部表情。遗憾的是，在这一情境中，面具的功能没有尽然体现，外部的刻板化印象（面具）与内部的精神炸裂（面容）缺乏更丰富、细致的编排，导致演员的表演显得相对单一化。

## 三、存意探境的性别超越:《随黄公望游富春山》

2010—2013年间，诗人翟永明创作了长达26节的长诗《随黄公望游富春山》，其中前15行最初刊于《今天》杂志2012年的“飘风专辑”。2014年，由诗作改编的舞台剧，由周瓒编剧、陈思安导演，在北京国际青年戏剧节（朝阳九剧场）首演。后来，翟永明根据演出，创作了长诗的第27节，并于2015年完成全诗共30节900行，由中信出版社出版。据完整版文本改编而成的舞台剧，经过2015年成都八点空间、朝阳九剧场的两次复排，2016年两岸小剧场艺术节（台湾戏曲中心/高雄市立图书馆小剧场）和2016年国家话剧小剧场的演出，直至2017年在9座城市的11个剧场演出过39场。此剧虽然采用女诗人翟永明的诗歌文本并予以改编，但总体立意已然超越了男女性别的差异性，而是力图还原一位诗人进入画中画、戏中戏的自我主体性。

顾名思义，“随黄公望游富春山”指涉的是抒情主人公跟随元代画家黄公望寻访富春山的所感所悟。黄公望所画《富春山居图》，展示了富春江两岸秀丽风光，“峰峦叠翠、云山烟树、沙汀村舍”尽收眼底。诗人翟永明同样醉心于这幅流动的画卷，深入主（抒情主人公）—客（山水画）关系，从中打开别样的时空秩序，正如商伟所说:“诗人频繁地往还于当下与过去之间、出入于现实与画卷内外，以个人真实的和想象的行旅为主线，串连起当代生活中形形色色的蒙太奇画面，最终将横跨今古、时空交错的一幅宏大‘风景’，呈现在了读者的面前。”抒情主人公“一步一景”的行动与感受，从线条到影像、语言，从政治、经济到日常，完成了包括载体和精神在内的“散点透视”。导演陈思安对于文本和表演关系的思考贯穿始终。从一开始，她就自问:“作为戏剧人：一种极少在舞台上处理的文本——当代新诗的文本——到底该如何寻找最适合它表现的方式进行舞台呈现？作为诗人：阅读诗歌文本时唤起的多种复杂体验，能够被舞台所捕捉并具象化吗，这是对文本的丰富还是伤害？作为戏剧人同时也是诗人：走入剧场中的诗歌究竟能为剧场提供些什么，而面向诗歌的剧场又到底能够敞开到何种程度？戏剧的诗性，与诗歌的诗性是否具有共通互化的可能？”陈思安以更开放的心态勾连诗歌与戏剧的关系，这也是她所遵从的跨界观念，即以创作者主体的需要为出发点，进而选择更合适的形式予以表达。从这个角度而言，她尽量保留诗歌的意涵内蕴，试图跨越文体或者艺术的边界，透过舞台表演营造出剧场空间的戏剧情境。

以 2016 年的演出版本作为分析对象，可见编导没有照搬诗篇，而是择取 30 节中的 19 节，打碎文本，再次组合，呈现出三幕诗剧：第一幕“‘它’来了”，第二幕“观画叹何穷”，第三幕“我的心先于我到达顶峰”。整体上是诗—画—人的线性逻辑的结构，引导观众从文本走向图像，再从图像思考人的境遇。

第一，抽取文本片段，勾连抒情主人公的“行动”链。“游”作为全剧的核心动作，贯穿始终。开场时，潺潺的流水声中，诗稿依次铺排在地面上。演员以肢体动作一边沿着诗稿的轨迹行走，一边解答“谁是诗人”的疑惑。将诗歌的普通读者从固有的思维里解放出来，是导演引导观众入戏的首要方式。陈思安为诗人正名，让那些读诗或者不读诗的朋友明白：诗人不是疯癫、鬼魂、小丑般的异类，登上舞台也不是江湖卖艺的小贩，而是出现在日常生活的每一个空间里。这看上去无可厚非，又何必多做解释呢？可是，因为 20 世纪 80 年代以来出现的一次又一次的诗歌事件，包括海子卧轨自杀、顾城魂断激流岛等，不免改变着普通读者对现代诗人的看法，也构成普通读者走进诗人、理解诗歌的一重障碍。当然，导演将诗歌搬上舞台，不是为现代诗当下的接受困境解围，亦不是为市场经济时代的诗文本寻找兜售空间。陈思安层层解套，说明“诗人是行色匆匆的旅人”，他或者她可以是奔跑、行走、工作、经营果园的人，就出现在我们的日常生活中，随处可见。

在此基础上，由语言动作的重复，追问“游”的意义。在这个层面上，完成了从诗人“怎样”到“为何”写诗的追问。演员不断重复“慌乱”和“从容”的心理状态，进而引领观众进入诗人的创作活动，体会诗句降临时的瞬间体验——“当诗句来到如箭飞跑／内心也如兔子慌乱／时间在每分钟里／养出一股下沉之气”——缓慢铺叙出从慌乱到从容的心理流动过程。演员们渐次发声，重复“从容”二字，

“从容地在心中种千竿修竹 / 从容地在体内撒一瓶净水 / 从容地变成一只缓缓行动的蜗牛 / 从容地把心变成一只茶杯”，以多声部的方式让观众屏息凝神，感受与沉默之诗的对话。紧接着，一句“‘它’来了”，强调诗神缪斯的可贵，就在于它总是在不经意间靠近，带给诗人惊喜。由此回到“他们为何写诗”的问题，从演员热泪盈眶的眼神中，不难理解，被诗神青睐是多么幸福的事。诗人们视文字为信仰，不为政治权力或是经济利益摇摆，寄望从诗句里获得身份认同感。对他们而言，无论时空如何斗转，发现并超越“自我”才是理想：“五十年后我将变成谁？ / 一百年后谁又成为我？ / 撑筋拔骨的躯体置换了 / 守住一口气变成人生赝品。”

第二，诗画对照，以多媒体展示措置的时间和立体的空间。如果说从诗人到诗，是导演将观众带向剧场的导引。那么，诗人与画家，诗与画的融合，则是诗人、编导以剧场空间实现的另一种跨艺术尝试。跟随诗人即抒情主人公的脚步继续行走，轨迹延长至黄公望的画卷里，“一三五〇年，手卷即电影 / 你引首向我展开 / 墨与景缓缓移动 / 镜头推移、转换 / 在手指与掌肌之间”。白色的画轴，由演员展开、卷起，最后缠绕于身。交叉的卷轴，被四个演员拉展至不同的方向。这时，“诗人”的扮演者走向画卷中心，而后被弹出，如此反复，形成身体的抵抗。当然，通过“推”的动作，同样将画幅的时间推向至过往的历史记忆，“山被推远，慢慢隐入云端 / 生于南宋，南宋亦被推远”。



文字投映于多媒体幕布上，与被推远的动作、时空交相辉映。白色幕布前，身着黑衣、扭动肢体的演员像是山水间的植物，又像是一抹清雅的墨迹，在纸卷上自由摆动。幕布上的文字如碎片，颠倒措置，投射于黑色的衣衫上，与摇摆的肢体相得益彰，如同一行行迁移、行走的文字。这些不成文的方块汉字，正是诗人置身画卷、酝酿诗句时凌乱思绪的外化。导演以诗画对照，主客叠映，将抒情主人公作为一位时间穿行者，自由行走于古代与现代之间，“这是亿万分之一秒的时间在追赶 / 把上千年光阴挤为粉的光年 / 我感觉自己在透支　也在穿透 / 新的距离　双眼在调距”，“作为一个时间的穿行者 / 我必然拥有多重生命 / 每重生命都走遍每重山水 / 即使长夜永昼在一刹那中更迭 / 政治更迭　也在身边飞速运转”。

诗人与“画中人”的角色转化，同样通过多媒体完成。云气缭绕的幕布上，缱绻着演员舞动的肢体动作。诗人翟永明的朗诵声，作为画外音在剧场空间里回荡。演员在白色幕布前舞着，像是天地氤氲间的“画中人”走向山林深处，“到画中去、做画中人、自徜徉 / 没有一个美学上级可以呼唤你！”结尾处，“一百年后我将变成谁，一百年后谁又成为我”的字样再次出现、定格，正说明诗人是在画中寻找自己，辨识自我与自然、与社会的关联，如郑毓瑜所说的：“‘关系世界中的自我’，是由人、我与物、我之间的动态协调及其共识所产生；原本被强调的心灵、精神也许应该放回作为感知所在的身体，而身体应该置放回社会环境及宇宙自然之中。”从这个角度而言，抒情主人公所敞开的外部世界，同样是她内心世界的映照。

第三，史诗互证，借戏中戏还原历史场景且诠释长诗注脚。全剧以旁白、独白的方式展开，少有对话。仅有的一段对话，便是两位舞者的单口相声，以及帘幕后的戏中戏，诠释出“收拢，置于火中 / 收藏家焚以为殉 / 这是一个中国式的公案：/ 火，带走人的万般无奈 / 后世，享用他的千重风采”。

正是这段戏中戏，道出了《富春山居图》焚烧前后的来龙去脉。提起黄公望的水墨作品《富春山居图》，可谓声名远播、无人不晓，几经历代收藏家青睐，被誉为“中国十大传世名画”之一。关于这幅闻名天下之画作的传奇故事，同样广为流传。明朝末年收藏家吴洪裕珍爱此画至极，生命垂危时便命子侄焚烧以殉葬。当侄子从烈火中救出这幅名画时，只可惜画作已被烧作两段：前段《剩山图》，现藏于浙江博物馆；后段《无用师卷》，今藏于台北故宫博物院。但流传中画作的真伪、无用师的身份、黄公望的籍贯乃至所画山水是否是富春江，都颇受争议。导演借暗场处理这段传奇故事，意在使隐蔽的历史显影。当然，演出看上去滑稽可笑，有戏说历史之嫌。可是，从观众的笑声里，也不难看出，编导对历史人物的戏谑、嘲讽乃是刻意为之。事实上，无论如何叙述这段陈年旧事，都无法抹去人对物的占有欲、隐去真相的虚伪。以现代的眼光打量历史，彰显出当代人对于“人”的理解。

整体而言，长诗以时空之经纬，呈现抒情主人公的行走轨迹。这轨迹不仅是肢体动作，更逐步晕染出内心感受。因为关涉政治、经济与文化大变迁环境下的诗性精神，长诗如行云流水又含纳万千，凸显的是两个时代中的艺术触觉。舞台剧中，导演依循自己读诗走画的行径，牵引观众走进画家与诗人共同勾勒出的富春山。然而，一台舞台剧的容量毕竟有限，导演也只能有所取舍，重点突出诗人走入画卷始末的部分心境。诗歌文本是寻意探境的一种方式，肢体动作、媒体音效等皆能够传递“游”的行动与精神，而以抒情为基调的诗剧同样可以借戏中戏达到叙述的功能。对于普通观众而言，包括演出形式乃至主题意旨，或许仍有几分隔阂。值得说明的是，诗歌与戏剧的跨界实验作为一种新型的艺术生态，需结合诗文本不断发现和探索剧场形式。同时，一旦进入剧场，就必然要面对来自观众方面的反馈和筛选。针对观众看不懂的问题，在周瓒看来，技术层面上可以解决的，尚可以改进，但对于修辞与抽象化的形式无法理解则是文化生产与传播中的普遍问题，不能通过一次演出得到解决，这也不是创作者的任务。对于致力于女性诗歌剧场的艺术者而言，依托文本与剧场深入现代人的生活困境并探寻出路，才是她们需要做出的努力。

## 四、结语

当代女性诗歌剧场乃是诗歌剧场的分支之一。提及诗歌剧场，可追溯至 20 世纪 90 年代牟森改编的于坚的长诗《〇档案》，之后有李六乙改编徐伟长的诗为《口供》( 2005 )、孟京辉改编西川诗作的《镜花水月》( 2006 ) 等。致力于女性诗歌剧场实践的曹克非也与诗人们合作，曾改编过诗人车前子的《斯特林堡情书》( 2005 )、多多的《在一起》( 2007 ) 和《天空深处》( 2009 )。2013 年，还根据杨键的《哭庙》编排《往事并不如烟》。可以说，诗歌剧场已是当下跨界艺术实验的热点议题。就本文所讨论的当代女性诗歌剧场而言，不得不说，自 20 世纪 80 年代开始女性诗人书写的丰富文本，牵引我们由语言文字走入一个令人神往的“女世界”，暗含女性与社会、与男性、与自我的多重关系，成为当代诗歌创作与批评的新思潮。曹克非、周瓒、陈思安等因为长期关注女性诗人的创作活动及文本，相当熟悉女性诗人的内在情绪与诗文本的外在表现。同时，她们又作为编剧、导演的身份理解剧场环境，了解演员表现力，将女性诗人所书写的个人化甚至是私人化的诗语在公共剧场空间予以展示。对她们而言，诗的精神内涵不仅局限于语言文字，还具有流动性与延展性的特点。无论是诗人还是戏剧人，其目的不在于“跨”界实验，而是在跨越中弥合艺术间的隔阂。瓢虫剧社没有采用专业演员，主要选用舞蹈、设计等其他领域的工作者。在表演过程中，演员们自选诗篇，通过语词产生联想，凭借声音与身体进入表演情境。如周瓒所说，“从把诗歌带到当代剧场中的那一刻起，我们就很留意剧场工作者对诗歌的兴趣和态度”。没有经过职业化训练的演员，以非专业或半专业化的身体自然进入剧场，由舞台上下的经验探索性别、身份与空间的关系。尽管她们的尝试还不算成熟，却为女性与社会、诗歌与戏剧、文本与剧场的关联提供了新的思考路向。当代女性诗歌剧场仍在继续[1]，呈现出流动性、非商业性与边缘性的特点。她们在尝试与创新之外，又不乏争议与挑战：剧场之外要经过政治、经济与文化的社会约束与磨砺，剧场之内要面对观众的审美需求与接受心理。即便困难重重，但如何跨越艺术的边界、如何跨越性别的阻隔，是她们置身当代女性诗歌剧场的恒久追求。

（选自《江汉学术》2020 年第 6 期。）



[1] 譬如由上海戏剧学院戏文系教师李旻原导演、表演系学生出演的《野兽派太太》(2018)，改编自英国桂冠女诗人卡罗尔·安·达菲的同名诗集（陈黎、张芬龄译），2018 年 11 月 23—25 日在上海锦辉可当代艺术中心演出（非商业演出），本人担任文学顾问。该剧借用达菲的诗篇，融入音乐、身体表演，以男性导演的视角观照当代女性的柔情、欲求、沉默与反抗。

田华

《长春观》

纸本水墨

200cm × 200cm

2017 年

# 飞鸟与语言的痕迹

## ——2020年冬季诗歌观察

/ 钱文亮　胡威（上海大学文学院 中国当代诗歌研究中心）

本季度发表的诗歌中，对中年经验和感悟的书写，从文明的视野而非仅仅是情感维度的“乡愁”抒发，以及通过山水自然的律动和其中飞禽走兽等原始生命的精彩以反观人生、反思文明，是占比很高的内容，在一些寄情于边陲风物的诗篇中尤其如此；而在词与物奇异的互动中打开诗性的“灵视”，将自然、历史、现实、想象等多维的存在编织出巧夺天工的语言锦绣，则是少数诗人的苦心孤诣，其中朱朱的《流水账》令人惊艳，堪称本季度诗歌的重要收获；本季度的诗歌同时还涉及底层苦难、“革命”记忆、个人与大他者的关系（典型如陈年喜的《我们的终点都是大海》）、诗人精神限度的发掘等等，表现出近些年诗歌的诸多重要面向。



### 一

个人总是生活在时光中，时光的流逝带来的焦虑与惶惑以及随之而来沉入存在的严肃思考是敦促一个诗人从青春走向成熟，并持续成长的内在动因。日本学者松浦友久认为，诗歌抒情最主要的源泉来自回顾人生历程时升华起的时间意识。时间意识中最突出的便是年龄的增长，因此，“中年”便容易成为一个诗歌的关键词。吴少东的《对称的夜晚》等诗呈现了真实的中年经验：负重前行，父母亡故，渐觉老态。诗人仍真诚地讲述，也许努力又破裂，弥合又无果，但砥砺前行的承担不仅是漫漫长途的人生使命，更是一种持久的诗学品质。恰如其诗中言：“我努力放轻步履，不让每一个夜晚 / 落下去”。安熿的《人到中年》轻诉进入中年之后的悲哀，凄切感伤，似乎生命的前景一片黯然：

人到中年，就是那只夏天快要结束的蝉
将一声声傲慢，慢慢地低下了
低到日子的尘埃里，低到缓慢的岁月里
那些枝枝蔓蔓，曾像草覆盖过我们的脚背

面对摇摆不定的人生，中年就是一场意外
磨去了粗粝，从身体里抽出油、盐、酱、醋
在洞悉的谎言里，找到打开幸福的钥匙
当半夜醒来，孤独像是忘记关闸的潮水
——《人到中年》

诗中生命的音调逐渐减弱，生活被琐碎和庸常占领。细腻入微的体验、感性准确的表达令人过目难忘。孟醒石的《重启》直叙了人到中年后的心态转折，人生无法重启，淡淡忧伤中的希望显得格外动人。卞云飞《一个男人的中年》写渴望从反思与疏离中更新自我，以保持一种可贵的清醒。侯明辉《北方的深秋多像一个人的中年》将中年与异乡归途并置，空间移动与时间的流逝组合成一个人立体的中年心灵。

熊焱组诗《中年的修辞》写得异常沉痛，写自己人到中年的苦与痛、父母的重疾、儿女的年幼、妻子的担忧、自身的庸碌，以及理想的难产与现实的窘况所构成的复杂的精神现实，但诗人并未因此气馁妥协，而是选择了继续在生存的荒芜中跋涉：

我不再幻想未知的命运，只是顺从于时间
唯有诗，是我血液中的那勺盐
唯有大地，终将原谅我庸庸碌碌的生命
——《我已顺从了时间》

在这份类乎达于天命的清醒中，诗人要求通过自己的写作抵达一种比肩伟大孤独的精神高度，“获得一种必然与历史传承和焦虑相结合的原创性”（哈罗德·布鲁姆）。

“70后”“80后”诗人已抵不惑，逐渐成为诗坛上升力量的写作群体开始了名副其实的“中年写作”。关注个体生存的遭际，在自我审问与反思中寻找精神的出路，俨然成了富有个人独语性质的“新中年写作”。

## 二

生活摇曳多姿，个体体验也多有不同。诗人依托于日常的生活，进行诗意的再造和表达。诗人的美学趣味与诗学风貌具有较大的差异性，有的注重新鲜感受的传递，有的则偏于思考力和精神限度的发掘。如同里尔克所言，诗是经验。诗人的敏锐善察使日常经验的丰富性展现出来，生活琐屑的书写、细微点滴的感悟、生死悲欢的追怀、生命存在的辨认仍是本季度的重要主题。

孙文波组诗《麻雀叽喳》叙写了诗人徒步的见闻，似乎信手拈来，随意记录。诗意的展开悄无声息，朴素的事物仿佛诗中的随意摆放的词，任由诗人自在穿梭。“神明的宁静”如同墓碑肃立，让人心存敬畏。而其《就诗论诗》，则让思想的丝线出没于经验的细节，虚实相生，境界开阔。西渡组诗《脉搏上最遥远的回澜》从切身经验入手，俯览生活，挖掘感受力。一个注定失败的写作者在与虚无的搏斗中，渐渐领悟“一种爱把谦恭的心情化成 / 一阵最细的风，托起她 / 或者变成接纳她的天空”(《观鸟者》)，一种建构的幸福诗学再次显现。谷禾的《世界的入口》《树疤记》《原野记》《头颅滚动》《诗的手艺》《自然解析》等诗深入生命内部，理解生命的开端与世界的开始，将自己置身于一种写作的难度和精神的难度之中。沈苇组诗《良渚的曙光》有文明和还乡的追思，有生命与存在的忧伤，面对衰老，面对消亡，面对“千古的流逝和苍茫”，这些诗作全变为“静默的神秘主义说辞”。

高兴涛组诗《安静的人》品味日常，咀嚼安静，所写安静的人宛如自己的倒影。安静、孤单、明澈、消瘦、悲凉，鸟声、露水、草木、灰尘、雨滴，“月光是最难懂的句子”也只可能留给认真体味万物融入寂静的人。寿州高峰的《春天》《下午的报恩禅寺》等着力于人世间的生机盎然与刹那顿悟。何晓坤的《焚香帖》《宽窄巷里的沙画师》等诗勾勒出人世间的灵魂默念，喧嚣的尘世在诗人笔下被一分为二，一半是人间灯火，一半是“无边际的黑暗”。刘旭阳的组诗《桐花》，在登山饱览与林中散步间叙写接近自然的方式，寻觅失落的内心，“让打捞成为劳作的常态 / 照亮荒废的心”，在景中体味消弭的永恒和不朽。毛子的组诗《咏叹调》

取材日常，插入思辨与机锋，讨论时间、短暂、语言、消失等等，往往能够荡出一曲闪烁智慧的咏叹调，给予人智性愉悦的安慰。刘义的《在高铁站》于现代建筑与古典怀抱之间的迷思，细致入微地体察情感的疑惑与离散、永恒与瞬间、灵魂与命运、集体与个体，获得了最隐晦的书写。

本季度，女性诗人以独有的细腻笔触和温情脉脉为我们贡献了不少精品力作。

林雪组诗《命运是一个有体温的把手》寄寓了城市与乡村、漂泊与回归、寻找与抚慰的集合态。“村庄、树木、炊烟、云影 / 都是杯子 / 你需握住自己 / 命运的一个有体温的把手 / 赶它们在日落前和你一起回来”，诗人情感温煦，落笔坚定，诗歌成为个体“握住”命运的带有生命体温的把手。胡茗茗善于从日常细节发掘出苦难的诗感，往往瞬间的“惊怵一闪”便将生活中坚硬质地叩开。无论是《中秋辞》中划过的流星的一击，还是《钟表，停下来》中高悬空中的“无生死，无悲欢”的钟表，或者《中元节陪母亲在小院烧纸》中祭祷燃起的三炷香都显现了女诗人关于时间与生死的独到敏感。阿毛的诗率直自然，风格洒脱，虽着力于小事物，但总能看出大性情，“这里的海风巨大天空辽阔 / 无一人识得我 // 我这一生爱着大美 / 小情无法羁绊我”，世间之苦也不能阻挡诗人的勇敢和爱。“去流亡吧！ // 把手插在荆棘中或冰水里 / 就像插进头发里那样自然”。敬丹樱的组诗《春蚕与橡皮鹿》如同素描，精确有力，有时又不失活泼自然。生活中一闪而过的细节被诗人敏锐地捕捉，并再现为富有诗意的诗歌动作。及物性与日常感是诗人把握世界与人生的方式。林白的《母熊及其他》令人依稀再见二十世纪八十年代的生命激情与卓越想象。另外，白丢丢的组诗《夏天那么年轻》、卢艳艳的组诗《白露》、苏若兮的《初雪》《我是谁》等、南南千雪的组诗《谈论大海的人》、小布头的《木屐》、宗晶的组诗《水中的沙子》也各有千秋。

此外，散落的群星也以独异的光芒闪耀诗坛，让人难忘。

海勒根那的组诗《父亲在长城之外放牧》洋溢着草原广阔诚挚的情感，骏马、骑手、蒙古包、牧羊人、额吉等意象抛撒而出，生态的野性与简约的语言碰撞出荒凉壮美的草原哲学。孔维兵的《想新疆》与杨献平的《西北望》更是贡献了新的“边塞诗”，不仅写出了西北独特的风物、民俗与想象，而且以现代人的视野与情感勾勒了边陲之地的历史变迁与现实命运，在一种“秦时明月汉时关”的生命时空中提炼出壮阔、洁净之美。而单永珍的《雪落在张掖的腰上》《风吹过》处理现实经验老到纯熟，下笔举重若轻，一股大西北荒凉的热在粗粝与自在之间吹过，苍茫又湿润。林忠成的组诗《找马者迷失在人海》赋予找马者独有的文化内涵与个体意义，寻马成为遗风与自证的混合体。高鹏程的《麦积山供养人》《大地之心》企图在“一个孤独的原点”找到生活的重心,供养内心的惶恐。雨田的《玻璃与人》中写到从玻璃制品厂出来的经验，“被历史或记忆切割的快感”，在对玻璃的物态分析中，一种人的“站立”诞生了。芦苇岸的组诗《呈现的刻度》保持了对生活的审视和内在的紧张，独到的运思从小物入手，林中的鸟鸣、远眺的海潮、飘落的雪花都成为广阔世界中“我”和“我”之间的较劲与和解的对应物。王志军的《人间烟火》则平直质朴，令人倍感亲切。

三

本季度中仍有一些诗作注重灵魂的开掘和精神的省思。海德格尔说：“诗不只是此在的一种附带装饰，不只是一种短时的热情甚或一种激情和消遣。诗是历史的孕育基础。”那么，这历史也必然包含抵抗虚无的心灵史。



荣荣的组诗《苍茫》透出几许沧桑之感，时光吹打的万物翻飞于笔端，诗人点滴的忧思以及抵抗虚无的努力隐现于字里行间。

冉冉的长诗《群山与回想》为我们构建了一个世外桃源般的诗境，但又突破了一般山水田园写景诗的那种留恋式的抒怀或宣泄式的对照。内心的悸动、快慰、冥思、超脱在变幻之景中分散又融合，从而生成了一种形而上的哲理关怀。个人的渺小与微茫在群山的怀抱中达成了一种超越尘世与历史的精神和解。

疲惫的欢愉，不期而至的抵达，
持久的焦灼，恐惧后的余烬。
而今你终于获得加持与护佑——
有如群山截获了繁星，天空
揽得了无垠。

祝立根的组诗《兰坪县掠影》立足现实，满怀悲悯，同时又盈注个体的自问与省思。在爱与痛之间回答和呼唤时代的“轰鸣和战栗”，苍茫之境由上至下，从内到外，混着“悲悯与惩戒”直抵内心深处。

落在群山中的雪
落在了你的肩膀上、脸颊上……
来年春天，群山会报以汹涌的绿意
但你不知道，在幽暗中要囤积多少
白发，才慢慢从你的身体里长出来
泪水，要历经怎样的旅程
才从你的眼眶中，缓缓地流出来，你不知道
落在你身上的雪，是怎样的爱
又或怎样的怜悯与惩戒
——《群山》

徐立峰的《十二散章》（节选）按时序而写，内在的情与思编织得绵密深厚，各散章间虽没有严密的逻辑层次，但这份散乱却也复现了人生的常态。时节气候的变化与内心思绪的书写相互映照，人生的无常与凝重被不经意地抛出。如：

年复一年真是我们的宿命？
缺少奇迹，被重复着……
什么样的悲哀在描绘你目睹并且
感受到的？大雪过后，
一切简洁。凡看上去空无的，
是不是都从世界的重负伸展而来？

马泽平的组诗《六里桥以北》沉淀出一位诗人勤于思考、敏于触感的诗学特征。组诗中大量第二人称“你”的出现形成了某种对话关系，这种以外为内的操作，常引人深思。个体的孤独感与漂泊感在偌大的城市中寻觅一个光明的支点，这种寻找的结果是在语言的痕迹中留给观察者的始终穷尽不了“有或者无的意义”。“你必须得承认，最好的诗句，像松油灯 / 把迷途的我们引往墓地”（《无所寄》），最好的诗句引导我们进入墓地，这既是一种觅得的令人心安的归途，又是洞悉艺术本质的美学辩证。而这一切常常令人不禁潸然，“当我热泪盈眶，我必须得因此而承认 / 我是你们中的一个”（《支点》）。飞廉被理解为新古典主义者，主要源于他对传统文学的热爱和继承，这点在《晚春过苏小小墓》《春暮读阮籍》中有很好的体现。除此之外，个人经验的追怀、记忆的寻回、文化基因的辨认似乎更能为他的近作增加历史的况味与厚度。当文学的传统叩开个人的生命经验，诗人在回想中一次次飞越自身，并将自身汇入文明的共同体。《冬日怀颍河》《颍河边的卡门》《水寨》《纪念 1997 年 3 月 29 日》《七月十五望月记》等可看作诗人的这般努力和尝试。

甫跃辉的《桥》《大海》等以物观我，在对视中寻找自身的外化，在身体内“波涛、闪电和风暴”，在马的眼中“辨认出深渊”，在低处“缓慢而恒久地保持着自己，闪烁微弱的光”。生命之内与外在细微处获得了灵悟的统一。叶玉琳的组诗《大海仿若初生》叙写家乡海边的日常生活，冲刷万物的大海成为“新的哲学命题”“新的美学方式”，思考的延伸直抵存在的根基。“波光粼粼的水 / 反复运送着肥沃乡愁”，这乡愁不仅仅是地理上的一个点，更是人类永恒追寻的精神还乡。诗人自问：“但当海潮退尽，浮日黯沉 / 你是否有足够的韧劲和勇气 / 抵达另一条陌生的海岸”？



鲁羊的组诗《假设》在叙写中企图通过捕捉尘世的不确定因素来通达世界的真相，对自身的异乡感常常通过假设的辩难和现实情景的交错来展现，如《速度》《面带微笑》《相逢》《掉转方向》《什么关系》等。现实的激发向上游弋，走向了关于真实与存在的玄想。“如果世界之事无法证实只能推演 / 我们似乎永远需要另一个 / 更伟大的假设者”。关于回忆，关于遗忘，关于本真，似乎皆不可说。也许，只有创设一个“异星球”才能够回答现世的“假设”。张作梗的长诗《解构》在对一个名字“十九”的解构和玄想中，不断深入到自我的辨认之中。在现实生活的裹挟中，本质的我与表象的我构成对话。审视、怀疑、顿悟，仿佛一次自我自在的成长和死去。

因之，我依然与那些悲苦、不幸、忧悒、
无尽的劳作抱作一团，相依为命；
既把它们当作宿命的西绪弗斯之石，
又将之视为上帝奖赏给我的荆棘之冠。

风吹过河谷，每天天黑的时间不同，
但落下来的姿势一样令人心惊。
——《解构》

诗歌是语言的艺术，具有某种自足性。语言对世界的介入即是一种捕捉，如同空无中的痕迹。

羽微微的组诗《痕迹》努力在虚无中寻找写诗的证据，无论是无根的浮萍，还是寰宇中的微尘，皆为存在保守秘密的痕迹。且看《痕迹》一诗：

天空没有什么秘密
秘密都在地上。
万物用着不同的语言

但风能听懂叶子的呢喃
水能译出翅膀的倒影

人呢？人相信时间是一种药水
慢慢将虚无显出了痕迹



森子的《马》（十二首）在语言的变形中，加入反讽与调侃，冷峻的现实意识带来智力的摩擦。现实与回忆的交错产生了厚重历史意识，当收紧语言的翅膀，反而蓄积了振动海平面的力量。脱去渺小与伟大的争论，在理性与疯狂之间，森子的写作变得异常冷静，同时也超越了喧闹与抒情。且看：

我病了，我的所得正是我希望失去的。
随时随地，每一片树叶都是阳光的大床，
我躺在上面，克服了国家地理个人面积的不均，
想象力的不收费服务。
——《比喻》

怀金的组诗《早安,云端》在词语的跳脱中讨论有与无、能与不能、沉默与有声、虚无与捕风，在自我深化的否定之否定中形成了有形的对于语言的把握。分裂与对峙在诗中比比皆是，诗人似乎乐于建构差异，并从一个反向抵达事物的根本。

胡弦的组诗《礼物》把诗的鸟鸣回忆成礼物，生命的质感和时间的玄想融入此刻的存在，在与“镜中人”的交谈中，吐露的是语言与历史的家谱。

> 我们继续说话，漫无边际，
> 镜中人：你和我
> 全知——拥有全部的心痛，但不在
> 语言那漫长的旅程中。
> ——《此刻》

个体存在的荒诞在语言的永恒之中，继续说话或者说继续写作必将成为一种在虚空中伟大的捕风。



## 四

本季度中，众多新诗集纷纷亮相，一本诗集的诞生是诗歌传统的一次更新。在诗歌共同体之中，任何一次写作都将指向一种未来的诗学。

剑南的《星空和青瓦》体现了一种沉稳、缓慢的进入感。如同星空让人仰望，同时又寄居青瓦之下，这种有意味的对照并不突兀，反而更能彰显诗人如何处理现实的美学思路。李心释的《非有非无》堪称学者之诗，具有智性写作的特征。锐利的思考常常令诗别开生面，如同集中《非有非无》一诗写道:“我常常不过因为一事一物的瞬间而生 / 我不知对这世界做了什么 / 除了出生 / 也不知世界对我做了什么 / 除了无人”。骆家的《无声喧哗》体现了某种“当代性”或者“当下性”，观其诗，可感生活如此贴近又如此陌生。张冠的《红月亮，白月光》建构一种主体诗学，个体意识强烈。李葱郁的《山水相对论》由物及人，由外至内，呈现出深入万物的思辨性。

除了个人诗集外，诗歌丛书的出版也令人颇感振奋。“闻一多诗歌奖获奖诗人丛书”集合第一届至第十届获奖诗人（高凯、晴朗李寒、胡弦、马新朝、潇潇、潘维、毛子、简明、田禾、刘立云）的作品精选集，彰显了厚重与品味。“第36届青春诗会诗丛”与“新发现诗丛”则力推新生，奖掖后进，呈现出一抹动人的青春风景。

※ 本文资料来源主要为2020年冬季（10—12月）的国内诗歌书刊，包括《江南诗》《诗刊》《星星诗刊》《扬子江诗刊》《诗林》《诗潮》《诗歌月刊》《诗选刊》，以及综合性文学刊物《人民文学》《十月》《山花》《作家》《西部》等。除了作者姓名、诗题，诗作发表刊物与期数不再一一注明。

图书在版编目（C I P）数据

诗收获.2021年.春之卷/ 雷平阳，李少君主编. -- 武汉 : 长江文艺出版社, 2021.8
ISBN 978-7-5702-2145-5

Ⅰ. ①诗… Ⅱ. ①雷…②李… Ⅲ. ①诗集－中国－当代 Ⅳ. ①I227

中国版本图书馆 CIP 数据核字（2021）第 087494 号

策　　划：沉　河
责任编辑：王成晨　　　　责任校对：毛　娟
封面设计：马　滨　　　　责任印制：邱　莉　王光兴

出版：长江出版传媒　长江文艺出版社
地址：武汉市雄楚大街 268 号　　邮编：430070
发行：长江文艺出版社
http://www.cjlap.com
印刷：武汉市籍缘印刷厂

开本：720 毫米×1020 毫米　1/16　　印张：18
版次：2021 年 8 月第 1 版　　2021 年 8 月第 1 次印刷
行数：8580 行

定价：49.00 元